少年知识成长小说

TOM'S GLOBAL EXPLORATION

小发明家汤姆全球大冒险

少年知识成长小说

小发明家汤姆全球大冒险

★ ★ ★

阿拉斯加冰洞里的黄金

[美]爱德华·史崔特梅尔 / 著　代志娟 / 译

太阳娃插画设计 / 绘

中国出版集团

世界图书出版公司

西安 北京 上海 广州

图书在版编目（CIP）数据

阿拉斯加冰洞里的黄金/（美）爱德华·史崔特梅尔（Edward Stratemeyer）著；代志娟译.—西安：世界图书出版西安有限公司，2016.6（2018.12重印）
（小发明家汤姆全球大冒险）
ISBN 978-7-5192-1136-3

Ⅰ.①阿… Ⅱ.①爱… ②代… Ⅲ.①儿童文学—长篇小说—美国—现代 Ⅳ.①I712.84

中国版本图书馆CIP数据核字(2016)第088670号

阿拉斯加冰洞里的黄金

著　　者	［美］爱德华·史崔特梅尔	
译　　者	代志娟	
策　　划	赵亚强　李　飞	
责任编辑	李江彬　雷　丹	
校　　对	王　冰　刘　青	
	郭　茹　党　浩	
出版发行	世界图书出版西安有限公司	
地　　址	西安市北大街85号	
邮　　编	710003	
电　　话	029-87233647（市场营销部）	
	029-87235105（总编室）	
传　　真	029-87279675	
经　　销	全国各地新华书店	
印　　刷	三河市腾飞印务有限公司	
成品尺寸	210mm×145mm　1/32	
印　　张	5.25	
字　　数	100千	
版　　次	2016年6月第1版	
印　　次	2018年12月第2次印刷	
书　　号	ISBN 978-7-5192-1136-3	
定　　价	20.00元	

如有印装错误，请寄回本公司更换

　　小读者们，你们好！摆在大家面前的是一套神奇的冒险书——"少年知识成长小说"之《小发明家汤姆全球大冒险》。这套书故事有趣、内容丰富、情节生动，你们会发现，主人公小发明家汤姆和他的朋友们在全球各地冒险的时候，总是可以凭借一些新发明及朋友之间的团结互助克服各种困难。

　　本丛书的作者爱德华·史崔特梅尔是美国著名的儿童小说作家，一生独自完成1300部创作，销售量高达5亿册。他的小说被文学评论家誉为"少年知识成长小说"，开启了20世纪初到20世纪60年代儿童小说的黄金时代。"少年知识成长小说"之《小发明家汤姆全球大冒险》是他的代表作品。他在日记中写道："这是一套色彩缤纷、瑰丽神奇的冒险小说，讲述了小发明家汤姆使用自己的许多发明进行全球探险的故事，情节跌宕起伏，更增长了孩子们物理、机械、气象、洋流、地理、历史、考古、冰川等方面的科学知识……"

　　这套书自出版以来，被翻译成西班牙语、意大利语、法语等10余个语种，全球畅销3000万册，仅亚马逊网站就有超过 100 万条的评论。

许多名人，包括苹果电脑创始人之一史蒂夫·沃兹尼克，科学家、发明家和科幻小说家雷·库兹韦尔、罗伯特·海因莱因、艾萨克·阿西莫夫，美国最具创造力的飞机设计师凯利·约翰逊、泰瑟枪的发明者杰克·科弗，在读过这套书后，都被里面的科学知识和小发明家的冒险精神深深吸引了，并纷纷向读者朋友们推荐。

此外，不少媒体不仅高度关注，还给出了很高的评价。《华盛顿邮报》称"此套书为培养男孩勇敢品质、男子汉气质最好看的书！"《纽约时报》称"勇敢男孩汤姆的故事已经影响了几代人，而且这种影响仍将继续存在……"

小读者们，我们坚信这套书将给你们带来不一样的神奇体验。鼓舞人心的冒险故事，主人公汤姆的创新和冒险精神很值得小读者学习。汤姆有时会泄气，但他从不放弃，这对每个年龄段的人来说都值得借鉴。

如果你是个勇敢的孩子，一定不要错过发明家汤姆系列，你一定会喜欢上这些冒险故事的……

快来和小汤姆一起去冒险吧！

关于主要人物

汤姆·史威夫特

本书的主人公——小发明家汤姆，在他很小的时候，他的母亲就去世了。他与父亲住在纽约郊区的夏普顿镇。他热爱发明、勇敢善良，运用自己的发明多次与"快乐打劫者"、安迪等坏人斗智斗勇……

巴顿·史威夫特

史威夫特先生是汤姆的父亲，是一位上了年纪的发明家。他深深地影响了汤姆的爱好和性格。无论是去人西洋底寻宝，还是去阿拉斯加找黄金，他在精神上、行动上全力支持了汤姆。他是一位慈爱的父亲。

维克菲尔德·戴蒙

戴蒙先生是一位幽默大师。这位年长宽厚的老人有一句逗人的口头禅，那就是"可怜的……"。每当他说起这句话，总能让紧张的气氛变得轻松。

易瑞德凯特·辛普森

瑞德是汤姆家的仆人，一个黑皮肤的老头。他有一个"老伙伴"，哈哈，其实就是一头倔强而忠诚的骡子，绰号是"回飞棒"，他和他的"老伙伴"多次帮助了汤姆。

尼德·牛顿

尼德是一名银行职员，也是汤姆的发小。他和汤姆去各地冒险的时候，每次遇到危险，他总是不离不弃，为汤姆排忧解难。

玛丽·尼斯特

玛丽，汤姆的好朋友，在一次"车祸"中，汤姆奋不顾身地救下了她，从此他们相识了。随着年龄的增加，他们之间的友情逐渐升华……

本丛书的作者爱德华·史崔特梅尔是美国著名的儿童小说作家，居世界多产小说家之列，一生独自完成1300部创作，销售量高达5亿册。他的小说被文学评论家誉为"少年知识成长小说"，开启了20世纪初到20世纪60年代儿童小说的黄金时代，震撼了全世界几代人的心灵。

《小发明家汤姆全球大冒险》丛书由全国外语专家字斟句酌、精益求精翻译而成，其中第一册《摩托车上的乐趣与冒险》由兰州交通大学外国语学院畅青霞老师翻译，第二册《卡洛帕湖上的竞争对手》由兰州交通大学外国语学院李红梅老师翻译，第三册《"红云号"飞艇的惊险旅程》由西北工业大学航空学院惠增宏老师翻译,第四册《寻找深海里的宝藏》由兰州交通大学外国语学院刘周莉老师翻译,第五册《新型电力小轿车》由兰州交通大学外国语学院赵娟丽老师翻译,第六册《地震岛上的幸存者》由兰州交通大学外国语学院邓苗老师翻译,第七册《幽灵山的秘密》由兰州交通大学外国语学院杨红老师翻译,第八册《阿拉斯加冰洞里的黄金》由兰州交通大学外国语学院代志娟老师翻译,第九册《空中飞艇大比拼》由河西学院外国语学院郝玉梅老师翻译,第十册《非洲丛林中的大冒险》由吉首大学外国语学院牟佳老师翻译。在此,对所有为本丛书付出心血的老师们表示衷心的感谢。

目 录

Contents

Contents

第一章

第一次坐飞机的感觉

汤姆和易瑞德凯特一起朝一个小库房走去。

"亲爱的汤姆先生,今天你又要驾驶你的飞行器出去吗?"易瑞德凯特问道。

"是的,瑞德,我要去沃特菲尔德拜访戴蒙先生。上次追寻钻石制造者回来后,我都没怎么见过他了。瑞德,你能帮我一下吗?我要把'蝴蝶号'推出去,看看在今天的高速飞行中,它会有怎样的表现。"汤姆回答道。

不一会儿,一架精致的、带有三个轮子的小型单翼飞机就出现在他们面前,这是汤姆制造的飞行速度非常快的飞行器。这架飞机只能容纳两个人,但它有一个动力强劲的发动机。

"它看上去确实很好，汤姆先生。"易瑞德凯特说道。

"对了，瑞德。"汤姆说，似乎突然想到了一件事，"你从来没坐过飞机，是吗？"

"是的，汤姆先生。我也不想坐飞机。"易瑞德凯特回答道。

"为什么不想坐呢？"

"为什么？飞机不安全，这就是原因。"

"但是你看，我就经常和飞机打交道。瑞德，连我爸爸都敢坐，你还怕什么呢？你已经见过我飞行很多次了，应该知道它很安全。再说，你看我和戴蒙先生驾驶'蝴蝶号'去旅行过这么多次，我们不是每次都安全回来了吗？"

"是，情况的确是这样。但是也有可能出现一次'回不来'的时候，万一出现这种情况，可怎么办呢？我希望你不要做那些危险的事情"。

"哎呀，你大可不必担心。"汤姆笑着答道，"但是瑞德，我想带你出去兜兜风，体验一下在天空中飞翔的感觉。我想帮你适应这种旅行方式，因为有时候我可能需要你的帮助。我保证在你适应它之前不会飞得太高。来吧！对你来说，这也是一种难得的体验。想想看，当你的朋友们看到你坐在飞机里面，他们会怎么想。"

"说得对，汤姆先生。他们肯定会无比羡慕并崇拜我。"显然，易瑞德凯特已经被汤姆打动了。

此刻，有一种特殊的诱惑力使易瑞德凯特对汤姆的话充满兴趣。他曾多次见过汤姆和他的朋友乘着单翼机或那艘集双翼机与热气球功能于一体的"红云号"到处旅行。虽然经常遇到意外状况，但是凭着精湛的驾驶技术和无畏的勇气，他们总能安全返航并化险为夷。

"那么，你要一起去吗，瑞德？"汤姆再次问道。在确保油箱已经加满油以后，他扳动螺旋桨并转了几圈，以检查发动机是否正常。

"你认为一切都很安全，对吗，汤姆先生？"看上去，易瑞德凯特对这个"机器"还是有些不放心。

"当然了，瑞德。否则的话，我就不会邀请你了。我不会带你去太远的地方，我只是想让你熟悉一下它。如果你飞过一次，肯定会想尝试第二次。"

"我可不相信我会这么想，汤姆先生。但既然你向我保证过了，而且夏普顿那些自命不凡的人看见我时肯定会羡慕和嫉妒我。好吧，我跟你一起去，汤姆先生。"

"我就知道你会同意！好啦，现在你坐到我的旁边。我马上发动引擎，准备起飞。笔直地坐好，记着，不管看到什么，不要向外跳。昨晚起了霜，今天早晨的泥土很坚硬。"汤姆笑着提醒。

"我知道这些，汤姆先生，我不会跳的。我……我……噢，天哪！汤姆先生，我不想去了……让我出去吧！"

随着起飞时间的临近，易瑞德凯特的心跳也越来越快。他似乎就要从座位上起身，跳出飞机。

"坐好，别动！"汤姆喊道。与此同时，他启动了螺旋桨。发动机咆哮的声音就像火炮齐鸣，而且可以看到喷出的火花从一个汽缸不断射向另一个，直到爆破声有规律地响起。

随着发动机的温度不断升高，螺旋桨的旋转速度也不断加快。汤姆爬上他的座位，进一步加大油门，火花也略微增加了，轰鸣声也在加剧。汤姆看了一眼易瑞德凯特，只见他脸色苍白，紧紧地握住座椅上的两个手柄，仿佛他的命运完全寄托在了这两个手柄上。

"现在坐稳了！"汤姆大声喊着，试图盖过轰鸣声，"我们这就出发！"

"蝴蝶号"开始缓慢地沿着汤姆经常起飞的那片空地移动。螺旋桨已经变成了一个模糊的光盘。发动机发出的爆破声逐渐变为稳定的轰鸣声，汽缸爆炸的响声也此起彼伏。

飞机开始在地面嗖嗖地往前跑。汤姆快速拉起机翼，飞机像一只优雅的小鸟，扬起骄傲的身躯向上爬升，很快就到达了离地面70米左右的高度，汤姆这时将飞机调整至水平飞行状态。

"怎么样，瑞德？"汤姆叫道，"感觉很棒吧！"

"好……好……恐怖……恐怖！"易瑞德凯特吃力地说道。

汤姆大笑着，提高了速度。

"现在我们要表演螺旋式旋转！"汤姆大喊道，"瑞德，坐好了！"

接着，他就开始了一系列高难度动作："8"字形、螺旋上升、曲线行驶、急速下降、左右摇摆等，不断变换着形态。驾驶飞机对于驾驶员来说是一件很棒的事，但是作为乘客的易瑞德凯特，此时正蜷缩在座位上，双手紧紧地握着座位扶手，直到手上传来疼痛感。对他来说，飞机外面再壮观的景象都不值得欣赏。然而，当他看到飞机始终保持在空中，而且也没有要下降的趋势时，易瑞德凯特渐渐不再害怕，并且慢慢放松了紧张的身体。

"喜欢吗？瑞德！"汤姆问道。

这一次，易瑞德凯特的回答不再像刚起飞时那样吞吞吐吐。

"太棒啦，汤姆先生！我……我开始喜欢它了。哇，我想我是真的喜欢它！现在，如果那些自命不凡的人可以看到我……"

"他们会认为你腾云驾雾了，是吧？瑞德！你现在有没有腾云驾雾的感觉？"

"是的，汤姆先生。哈哈！我可以腾云驾雾啦！哈哈！"

汤姆驾驶着飞机飞出了他们的村庄，现在正飞过离家较远的田野。易瑞德凯特坐在飞机上开始尽情享受这种奇妙的感觉。

正当汤姆试图提速时，突然，巨大的爆炸声把他吓了一跳，发动机瞬间熄火了。

"糟糕！"汤姆惊叫。

"怎么了？"易瑞德凯特紧张地问道。

"发动机不转了！"汤姆回答。

"上帝啊，我们要掉下去了！"易瑞德凯特惊呼道。

　　螺旋桨一旦停止工作，飞机自然没有办法水平地向前飞行了。再加上万有引力定律①的存在，这时的飞机开始往下俯冲。

　　"我们正往下掉！我们要死了！"易瑞德凯特嚷嚷着。

　　"没关系，我会让飞机滑翔着回到地面，"汤姆冷静地说，"我以前经常这么做，从比这儿还要高的地方滑翔降落。坐好了，瑞德，我要先掉个头，往家的方向滑翔，然后再轻轻落到地面。"

　　"我要跳到地面上，我不会坐等着和飞机一起坠落，不！我不想照着你所说的去做，汤姆先生。命都要丢了，我可没时间开玩笑。我马上就要跳下去了。"易瑞德凯特显得非常慌张。

　　看到易瑞德凯特准备从座位上站起来时，汤姆大叫道："坐好！没有任何危险，我没有在开玩笑。我们很快就会降落到地面上。我保证你会没事的，坐好，瑞德！"

　　汤姆的话语让易瑞德凯特的恐惧感立即消减了许多。之后汤姆快速做出一个动作，让飞机头向上仰起，以削减飞机向下俯冲的动力。"蝴蝶号"的运动轨迹迅速被矫正到水平，几秒钟后它又逐渐低头向下冲去。数次重复这一动作后，汤姆最终将飞机安全滑翔到了距离地面很近的位置，而且这里离他的家也不远了。

　　"不知道我是否能滑翔到家呢？"汤姆一边喃喃自语，一边用眼睛估算着距离，"好像可以！我要把飞机头向上抬一点，再以一个长长的倾斜面向下滑翔，接着再来一个回合，就会抵

────────────

① 万有引力定律，指两物体之间由于物体具有质量而产生的相互吸引力。——译者注

达地面了。"

在汤姆的控制下，飞机的机头突然向上翘起，易瑞德凯特惊恐地发出了一声尖叫，而汤姆却非常镇定。接着，在最后一次拉起机头之后，"蝴蝶号"又轻轻地向下飞去，最终，飞机的轮子落在了离史威夫特家不远的跑道上。

汤姆慢慢踩下刹车，突然，易瑞德凯特做了一个疯狂的举动：他从座位上跳了出去。而此时，飞机的轮子还没有停止转动！

"嘿，瑞德，你要去哪儿？"汤姆叫喊道。

"我要去看看我的骡子——回飞棒是否安全。那是我唯一想乘坐的交通工具！"易瑞德凯特很快消失在一个牲口棚里。接着，汤姆听到了几声响亮的骡子叫声。

"喂！等等，瑞德。我很快会修好发动机，然后我们再试一次，我一定要带着你去拜访戴蒙先生。"汤姆朝着易瑞德凯特喊道。

"不，不，汤姆先生。我再也不会乘坐你的飞机了，我只要回飞棒就够了！"易瑞德凯特在"绝对安全"的牲口棚里吼道。

汤姆忍不住笑了一下，然后转身去检查发动机。正当他在发动机前仔细查找问题源头时，房屋的门开了，那位有着慈母般脸庞的女管家——巴盖特夫人走了出来。

"嗨，汤姆。"巴盖特夫人温柔地说道，"刚才我一直在找你，你跑到哪儿去了？"

"嗨，巴盖特夫人。"汤姆挥舞着手向这位女管家问好，"我和瑞德刚出去了，但是没想到这么快又得返回来。怎么了，找我有什么事吗？"

"这儿有你的一封信。"女管家接着说。

汤姆撕开信封，迅速浏览着信的内容。

"什么！"汤姆突然大声喊了出来，"阿比·阿伯克龙比写的信，这个人是我们在找到钻石制造者之后遇到的那个矿工。他说他正在前往美国东部的路上，为寻找阿拉斯加的黄金谷做准备，那些金矿在一个冰洞里面。我想起来了，我曾经在飞艇里答应过他，会和他一起去寻找黄金。这封信是怎么来的，巴盖特夫人？"汤姆问。

"通过快递送过来的，送信者刚离开不久。"巴盖特夫人回答。

"这样的话，再过几天我们就能看到这个叫阿比的人了。我得抽时间检查一下'红云号'飞艇，看看它是否还能正常使用，我们可能会前往北极地区①。"汤姆高兴地说。

此时，汤姆的注意力已经完全从他的小飞机上移开了，记忆被拉回到那次奇异的探险中。前不久，他和他的朋友去了一个叫幽灵山的地方，到一个山洞里寻找钻石制造者的秘密。他回想起了他对阿比许下的诺言。

冬天就要到了，不知道阿比是否希望在这样的季节让我和

---

① 北极地区，指北极圈以北的地区，包括北冰洋绝大部分水域，亚、欧、北美三洲大陆北部沿岸和洋中岛屿。——译者注

他前往阿拉斯加？汤姆心想着。

突然，他的思绪被院子入口处传来的声音打断了，汤姆的飞机库就建在这个院子里。他扭头一看，发现声音是一个和他同龄的小伙子发出的，是他的朋友尼德来了。

"你好，尼德！"汤姆热情地问候道。

"你好！"尼德回复道，"今天银行休假一天，我就想到可以过来看看你。对了，有一件事不知道你听说过没有？"

"什么事？"汤姆问道。

"安迪正在制造一架飞艇。"

"安迪造飞艇？"

"是的，他说他造的飞艇能打败你的'红云号'。"

"没关系，安迪可以做他喜欢做的任何事，只要他不打扰到我。而且，我很快就要离开这里了。"

"你要去哪儿，汤姆？"

"我马上就要出发前往很远的北方，进行一次非常特殊的探险。来，我们到库房里去，我会把详细情况告诉你。我们准备去寻找一个叫黄金谷的地方，就算安迪也制造了一架飞艇，他也不会跟着我去那里的。"

汤姆和他的好友朝着库房走去，他手中还攥着那封阿比寄来的信。在接下来的几个月中，这封信将在他的生活中扮演重要角色。但他不知道的是，安迪制造的飞艇将会对他带来多大的威胁。

第二章

安迪的三翼机①

　　"寻找黄金谷？"尼德问道。此刻，他们两人来到了一间凌乱的库房里。这间库房是汤姆工作的地方，他在发明过程中遇到的很多难题都是在这里慢慢琢磨并解决的。"这个山谷在哪里？汤姆，我也有机会去吗？"尼德又问道。

　　"它在阿拉斯加②，具体在哪里我也不知道。但是阿比说，如果我们驾驶飞艇到处环绕的话，他就可以认出那个地方，阿

---

① 三翼机是安迪·佛格梦想制造的一种大型飞艇的主体，实际上他最后并没有完成这种飞艇。——译者注
② 阿拉斯加即美国阿拉斯加州，在北美州西北部，介于北冰洋与太平洋之间，东邻加拿大，西隔白令海峡与俄罗斯相望。——译者注

比就是今年夏天我们到科罗拉多州探险时遇到的那个老矿工。为了寻找黄金，我想赌一赌运气。这样，我把信里面的内容念给你听听吧！"汤姆把信读给了尼德。

"所以，你还不知道黄金谷的所有细节，是吗，汤姆？"在听完整封信后，尼德问道。

"是的，我还不是很了解。在阿比遇到我们的时候，我正急着要赶回东部，出远门那么久，我爸爸肯定会很担心。尽管着急回家，但我还是听了阿比讲的故事，并且曾向他许诺会同他一道去寻找黄金谷。他提供这个隐秘山谷的信息，我提供飞艇。现在，我希望阿比能尽快过来，让我了解有关黄金谷的详情。"

"你们全程都要乘坐飞艇吗？"

"呃，我还没考虑过。我可能会用火车将它运到美国西部，然后从那里驾驶飞艇继续前进。不过，那是以后要考虑的细节。"

"谁会和你们一块去呢？"

"我猜，如果把戴蒙先生落下的话，他会不高兴的。还有帕克先生，那个忧郁的、总在预测可怕灾难的科学家，他可能很高兴同我们一起去。阿比可能还会带上他的几个朋友。你愿意与我们同行吗？"

"我可以吗？当然，但是我还不确定我能从银行那边请到假。"

"放心吧，爸爸和戴蒙先生能处理好的。你知道，他们也是银行的负责人之一。不过，我还不敢保证一定能找到这个山谷。不过，即使我们没有成功，我们也会获得常人无法体验到的乐趣。对了，你刚才说安迪正在造一架飞艇，这是怎么回事呢？"

"他确实在造飞艇，虽然我没亲眼见到过。杰克·波特告诉了我这件事，他说安迪在他家的院子里修建了一个大棚子，他和皮特·贝莱、山姆·斯奈德克这两个家伙在那个大棚子里夜以继日地忙碌。他们还雇了一批机械工，我猜这些钱应该是佛格先生支付的吧。对了，你那次是不是用你的单翼飞机把安迪吓唬了一下？"尼德把他看到的情况都如实告诉了汤姆。

"是啊，那个可恶的家伙！我还想把他吓得更惨一些。但老实说，我倒想见识一下他的飞艇，我想知道他的飞行器到底是什么类型的。"汤姆说道。

"这还不简单！他们工作的那个棚子后面离我们家的篱笆很近，如果你从那里看的话，说不定能看到。"

"但是我看不到棚子里面的情况啊！"

"你可以的。为了更好地采光，安迪在棚子的后面开了一扇窗户。我无意中发现了这个地方，但我对他的事情不感兴趣，所以就没有去看。不过你只要踩到我家的篱笆墙上，就能直接看到安迪他们工作的地方，想试试吗？"

汤姆犹豫了一会儿然后说："好吧，虽然这听起来不太好，但我确实想看看他正在建造的飞艇是什么类型的。曾有那么一两次，他鬼鬼祟祟地在我的库房附近晃悠。因此，我怀疑他很有可能侵犯了我的某些专利权。所以我想，亲自去看看可能是唯一的方法了。你带我去吧，尼德。"

"好的。我们就从窗户那里瞧瞧，看能不能看到安迪那奇怪的工作棚。"

于是，他们离开了汤姆的库房，很快就来到了尼德家的院子。正像尼德所说的那样，他们家的篱笆墙离安迪的工作棚很近，棚子后面确实有一扇没有被窗帘遮盖的窗户。

"我去找个梯子，这样我们就能爬到篱笆墙上，然后从墙上往里面看。"尼德说。

过了一会儿，汤姆和他的伙伴尼德站在了梯子上，他们透过工作棚的窗子往里看。

"是架三翼机，一架巨大的三翼机！"汤姆惊叫道。

"什么是三翼机？"尼德询问道。他的兴趣爱好和汤姆不一样，很少去研究各种不同类型的飞机。

"三翼机是那种有三层机翼，一层叠在一层上面的飞机。双翼机只有两层机翼，单翼机就只有一层机翼。三翼机更加巨大，而且就我所学的知识来看，三翼机的建造还没有像双翼或单翼飞机那般令人满意。但这并不意味着安迪因此不能成功。你看，他们忙得热火朝天。安迪的飞机飞起来以后，会像老鹰寻找猎物一样在空中盘旋！我想，安迪会在他的飞艇中加入很多特别的功能。尼德，你有没有听说过他准备拿这架飞艇做什么，是为了消遣娱乐，还是用它参加展览呢？"

"没有，我没听说过。小心，汤姆，梯子在滑动！"

就在尼德发出警告时，工作棚的玻璃窗被人打开了，安迪那张丑恶的脸露了出来，他的目光正好捕捉到了汤姆和尼德。

"走远点，你们这些间谍！"安迪咆哮着，"离开这里，汤姆·史威夫特！你想剽窃我的设计方案！快点离开，不然我就对你不客气了！"

安迪脾气暴躁地跺着脚，他的两个伙伴也凑到窗边来看到底发生了什么事。这时，汤姆和尼德站着的梯子正在往篱笆墙的反方向滑动。

"快跳，尼德！"汤姆大喊道。

由于篱笆墙比较高，落地之后，汤姆被摔得头晕。而此时尼德还抓着篱笆墙的顶端，悬吊在那里，他的双脚在空中蹬来蹬去。

"拿一根长棍子，打他的手，安迪！这样他就会摔下去了！"皮特叫道。

汤姆听到后，赶紧拼命地把梯子扶起来去接尼德。

第三章

恶意的圈套

汤姆费力地把梯子扶起来并靠在篱笆墙上，以便尼德可以踩着它下来。

"啪"的一声，安迪把一根长棍子从工作棚的后窗伸了出来，用力地拍打在篱笆墙的顶部。

"啊！"尼德尖叫着，棍子差一点就打到了他的手上，"汤姆，快点把梯子搬过来。"

"已经放好了！快爬下来！"

尼德向下看了一眼叫道："太远了啊！我够不着！"

"你可以的，把腿再伸长一点！"汤姆着急地喊道。

"啪！"棍子再一次落在了篱笆墙上，这一次敲打的位置离尼德的手更近了。

"瞄准点，使劲打，安迪！"山姆兴奋地喊道，"让我来给他一棍子！"

这时，尼德摇摆的双腿终于踩到了梯子的顶端。他迅速沿着梯子爬了下去。

"好险！"汤姆终于松了一口气，"真没想到会惹来这么大的麻烦！"

"我也是。刚才梯子滑倒的时候，你从那么高的地方跳下来，有没有伤到哪儿？"尼德看着汤姆关心地问道。

"没有。他们有打到你的手吗？"

"棍子离得很近，但没打着。可恶，难道我没有权利在自家的篱笆墙上张望吗？"尼德气愤地说道。

"当然有，不过，下次得小心，不要被他们发现了。但是——快看！安迪在看我们。"

安迪丑陋的脸庞出现在篱笆墙上方。他从工作棚的窗户那里爬了出来，并朝汤姆喊道："汤姆·史威夫特，你以为你很聪明是吧！哼，我不会让你窃取到我飞艇的任何创意，这些都是受法律保护的。我很快会造出一架飞得更高、更远的飞艇，我会让你知道什么是真正的飞艇！单翼机和双翼机都已经过时了，三翼机才是最好的。如果我的工作进展顺利，我甚至能造出一架四翼飞机！我一定会成功的。"

"那就祝你好运！"汤姆耸了耸肩说。

　　说完，这两个小伙子便朝着尼德家的房子走去。在他们身后，安迪和他的朋友们还在说着一些冷嘲热讽的话。

　　"你就不能小小地报复一下他们吗？"尼德问，因为他不喜欢看到他的好友被安迪的势头压倒。

　　"笑到最后的才是笑得最好的，尼德。"汤姆说道。

　　"什么意思？"尼德不解地问道。

　　"我的意思是，等安迪试飞他那架三翼机时，就轮到我们笑他了。"

　　"它飞不起来吗？"

　　"如果按照他那样的组装方法永远都别想飞起来，我只需要看一眼就知道了。他们那伙人根本不懂飞艇的构造。"

　　"你刚才透过窗户看到了很多东西，对吗？"

　　"是的，我想看的都看到了。对了，我在收到阿比的信之前，正准备驾驶我的单翼飞机出去一趟，顺便看看戴蒙先生，你想不想和我一起去呢？"

　　"当然，我十分愿意。"

　　虽然尼德曾多次乘坐汤姆那架灵巧的"蝴蝶号"，但他一直对这样的旅行方式乐此不疲。不一会儿，汤姆就调试好了那台此前曾熄火，并迫使他滑翔到地面的发动机。汤姆和尼德很快就驾驶着"蝴蝶号"穿过云层，前往沃特菲尔德。

　　一小时后,当他们的飞艇刚刚降落在戴蒙先生家的院子时，听到一个声音喊道："可怜的拖鞋！真没想到你会来，汤姆。

见到你很高兴！"是戴蒙先生的声音。

汤姆高兴地对戴蒙先生说："我也很高兴能再次见到你。我想你认识尼德·牛顿吧。"

"啊，当然，你好吗？尼德！可怜的胃口！天气真冷，大家赶紧进屋，喝点巧克力热饮怎么样？"戴蒙先生热情地跟他们打着招呼。

小伙子们很乐意接受这个邀请。在他们喝着戴蒙太太为他们做的饮料时，汤姆提起了来自阿比的那封信和偷看安迪工作棚的经历。

"可怜的钱包！"戴蒙先生叫道，"我从没想过我们能再次收到阿比的消息。他真的要过来吗？他来告诉我们黄金谷的事？"

"他是这么说的。"汤姆回答，"我想知道你是否愿意和我们一起去，戴蒙先生？"

"可怜的头饰！我当然愿意去，只是……只是……"戴蒙先生把身子往前靠了靠，小心地低声说，"别那么大声说话，我太太会听见的。"

"她不让你乘飞艇出行吗？"汤姆问。

"嗯，她不喜欢我这么做。不过，她很快要回娘家住一阵子，我想那将是我和你开启另一次旅行的大好机会。阿拉斯加的一个黄金谷，那里可是冰山和冰洞密布的地方。对了，汤姆，我想有一个人可能会很高兴和我们一块儿去。"戴蒙悄声对汤姆说道。

"谁？"

"帕克先生！你知道，他现在已经定居在沃特菲尔了。有一天，他告诉我，他期望能够去北极地区，他萌生了一些新的科学理论……"

"他又预测到了某些东西的毁灭吗，戴蒙先生？"汤姆微笑着打断说。

"你猜对了，年轻人。可怜的咖啡壶！帕克先生预测到北极圈附近将会发生一场大雪崩，附近的大部分地区都会埋葬在冰雪下面，他想去那里见证他的预言是否会成真。"戴蒙先生说道。

"好吧，戴蒙先生，我希望你和帕克先生也能加入。等阿比先生来访以后，我会尽快告诉你我们的计划。还有，保密的事情就不用我说了吧，如果阿拉斯加真有一座黄金谷的话，我们可不希望每个人都知道它。"

"我也不希望别人知道。我会保守秘密的，汤姆。可怜的肝脏！即便这次是到寒冷的北极，我也为这场旅行感到高兴。"

他们继续聊了一些其他事情之后，汤姆和尼德便离开了戴蒙先生的家，很快就回到了夏普顿。

接下来的几天，汤姆一直忙于修理他的大型飞艇"红云号"。"如果我们要在冰雪上空穿行，"汤姆自言自语着，"我就得在飞艇上安装一些特殊的装置，比如说辅助加热系统。上次前往西部高海拔地区时，我就发现了安装这种装置的必要性。"

距离汤姆诱惑易瑞德凯特坐飞机这件事已经过去一周了。一天，在从夏普顿镇的路上，一位头发斑白的老人正朝着史威夫特家的方向走来。他的衣服做工粗糙，手中提着一个旅行包。他的这身装扮让人一眼就能认出他是来自美国西部的畜牧者或矿工。

"出发的时候，我应该带一辆马车过来，"他自言自语道，"到汤姆·史威夫特家的路可真远。"

他一步步吃力地向前走着。过了一会儿，他的目光被一个巨大的棚子吸引住了，棚子旁边是一幢富丽堂皇的白色房子。

"我猜就是这里了吧。"老矿工心想，"那个大棚子绝对够装下一架飞艇了。现在，我该去介绍自己了。"

刚走到院子前面的小道，他就被一位正在收拾落叶的园丁看见了。"这里就是有飞艇的地方吗？"老矿工问道。

"是的，这里就是我们家少爷建造飞艇的地方。"那位园丁回答道。

"他在家吗？"老矿工又问。

"在，你可以直接走到棚子那里去找他。"

老矿工依照指示做了。透过飞艇棚敞开的大门，老矿工看到了巨大的机翼、螺旋桨、方向舵和其他的一些机械。

"就是它了！"老矿工喃喃地说，"尽管它和我记忆里的有点不一样，或许是汤姆对它进行了改造。他在哪里呢？"

正当老矿工自言自语时，安迪从棚子里走了出来，脸上带着怀疑的神色。

"你想干什么？"安迪问。

"我在找汤姆·史威夫特。"矿工回答，"我想你正在和他一起改装飞艇吧。他肯定有跟你说起过我，我是矿工阿比·阿伯克龙比。我来这里是要告诉他怎么去阿拉斯加的黄金谷。"

在阿比提到汤姆的名字时，安迪就准备开始隐瞒真相了。听到阿比提到"黄金"和"阿拉斯加"时，他的脸上流露出奸诈的神情。

"汤姆·史威夫特现在不在这里。"安迪说。他发现这个朴实的老人把自己当成了汤姆的朋友，而且他还带来了一些有价值的线索。因此，他开始盘算如何从这个意外访客的身上获取更多的信息。

"没关系，我猜他很快就回来。我可以先和你聊聊这件事，我想你一定是他的搭档，这就是你们建造飞艇的地方吗，这可真大呀！"阿比朝里面看了看那架奇怪的三翼机，三翼机是安迪飞艇的首要组成部分，它已经快要完工了。

"如果我们要去阿拉斯加的话，确实得需要这样一个大家伙。"阿比继续说，"去黄金谷没有别的路可以走，只有驾驶飞艇才能到达那里。现在，我已经做好准备了，随时都可以出发。我已经把黄金谷的地图带来了，你们最好把它保管好，别弄丢了。好了，现在我们谈谈正事。"阿比把一张折叠的羊皮纸递给安迪后，坐在了棚子门口的一个箱子上，并把沉重的旅行包放在身边的地上。

"这是什么？"安迪问道，他想确认一下自己是否听错了。

"这是黄金谷的地图，所有的路线都标出来了，我想我已经画得够清楚了。我们什么时候出发？"

安迪惊讶得不知道该说些什么。这一切似乎是命运的安排，命运把一张珍贵的羊皮纸放在了他的手里，始料未及。

"黄金谷的地图？"安迪一边自言自语，一边把地图收进口袋中。

"是的，正如我之前和汤姆相遇时说的那样。汤姆什么时候回来？他好像从来没提起过你。不过，我猜他在建造飞艇时肯定需要些人帮助。他到底去哪儿了？"

"他……他……"安迪支支吾吾，不知道该如何回答。

这时，汤姆却出现了。他刚到夏普顿办完一件事，回来时正好经过这条路。汤姆往安迪家的院子里看了一眼，发现阿比正坐在飞机棚的门口。

"阿比·阿伯克龙比先生！"汤姆几乎还没等思考就叫了出来。

"你好啊，汤姆，我到了。"阿比真诚地说，"我一直在和你的伙伴聊天呢。"

"我的伙伴？"汤姆吃惊地问道。

"对啊，和你一起制造飞艇的搭档。我记得你说过你的飞艇是由几个人共同完成的。"

"我的搭档？他不是我的搭档！"汤姆尖叫道，"如果他说他是我的搭档的话，那他就欺骗了你！"

"怎么会这样！我告诉了他黄金谷的事，我……我……我还把地图给他了！"

"地图？"

"是的，去黄金谷的地图，被他拿到了！"

安迪的脸上此刻露出嘲弄的笑容。

"立刻把地图交出来！"汤姆严厉地呵斥道，他现在已经明白发生了什么事，"安迪，立刻把它拿出来！"

"想都别想！地图已经是我的了！"安迪大喊着。接着，在汤姆和阿比阻止他之前，他猛地冲进了大棚子里，随后"砰"的一声把门关上了。

第四章

汤姆拿到了地图

安迪的突然之举让汤姆瞠目结舌。过了好几秒，汤姆才有了反应。

"你真卑鄙！"汤姆尖叫道，"无耻的家伙！用那样的方式欺骗阿比！我一定要抓住你！"

"怎么回事？"阿比的思维有些跟不上节奏，似乎还没有弄明白发生了什么。

"现在没时间解释，我得追上安迪！他肯定想赶在我们之前找到黄金谷，我们一定要阻止他。"汤姆冲到飞艇棚门口，猛地撞向大门，但是他发现门已经被锁得死死的。

"给我出来，安迪！"汤姆捶打着门喊道，"出来，不然我就去找警察，然后把你抓起来！"

棚子内没有任何回应。

"懦夫，给我出来！"汤姆重复了一遍。

"绕到棚子后面去，试试后门！"阿比提醒道。

汤姆听从了阿比的建议，全力冲到后门。刚绕过棚子侧面，汤姆就看见安迪正从后面逃跑。很明显，他是从那天汤姆和尼德窥视他的那个后窗里爬出去的。

"回来……"汤姆刚开口，就意识到自己已经无法追赶上了，只得返了回去。

"唉，这次又让他得逞了。"汤姆说。

"到底怎么回事，汤姆？"阿比问道。

"地图上是不是有黄金谷的位置和路线？"

"当然有！"

"黄金谷的地图只有那唯一的一份吗，阿比？"

"是的，只有一份。"

"你能绘制出另一份地图来吗？"

"不能，就算给我 100 万美元也没用！你知道的，我不是个画家，加上制作这幅地图，我也只是部分参与者。大部分的工作是由我的老搭档完成的，他和我一起发现了这个黄金谷，但他已经死了，真可怜。"阿比无奈地摇了摇头。

"我明白了。那可真是太糟糕了！真的没法再复制出一份了吗？"汤姆问。

"没有任何可能性。"阿比说。

"好吧！如果他不送回那幅地图的话，我就让警察把他抓起来。"汤姆坚定地说完后，便朝着安迪家的房子大摇大摆地走去。

几分钟后，汤姆和阿比找到了佛格先生。对于汤姆的拜访，佛格先生感到很奇怪，因为他知道自己的儿子和汤姆关系并不好。

"我能为你做些什么，汤姆·史威夫特？"这位银行家询问。他很不喜欢汤姆，因为佛格先生曾经试图挤垮史威夫特先生工作的那家银行，但是汤姆成功挫败了他的阴谋。

"佛格先生，"汤姆怒气冲冲地说，"你的儿子刚刚骗走了这位绅士的地图。"

"我的儿子骗地图？"佛格先生大声叫喊道，"你怎么能这样血口喷人呢，汤姆·史威夫特？"

"我没有血口喷人，因为这是事实！要是他今晚不把那幅地图送到我家，我发誓我一定会把安迪送进监狱。"汤姆严肃地说道。

"你敢！"

"那我们就等着瞧！"汤姆坚定地说，"在5个小时内，你们要归还那份地图。如果那个时候地图没回到我的手里，我就会申请搜查令！"

"荒谬！胡说八道！"佛格先生咆哮着，"我的儿子从来不会骗人东西！"

"他骗了一幅地图，我有足够的证据。"接着，汤姆把事情的详细经过向佛格先生叙述了一遍。

佛格先生开始变得支支吾吾，假装不相信这种事情会发生在他儿子身上。但是，汤姆严肃的表情再加上阿比的陈述终于让他有所动摇了。

"那好吧，"佛格先生最后说，"我会调查这件事，如果我发现我的儿子的确如你所说，我会让他把地图归还。但是我不相信他会做这种事，可能他只是和你开个玩笑而已。"

"不管怎么样，"汤姆认真地说，"他的行为远远超过了正常的玩笑。"交涉完后，汤姆和阿比就离开了安迪的家。

"都是我的错。"阿比愁眉苦脸地说，他和汤姆正迈着沉重的步伐朝史威夫特家走去。

"不是的，阿比。"汤姆说，"安迪那个人最喜欢欺骗别人，特别是像你这种陌生人。而且你也肯定没想到在这么近的距离内会出现两个机棚。"

"是的，我的确没想到。希望我们还能拿回来。"

"噢，当然会的。我会想办法找到安迪，但是首先我想把你带到我家去。"

到家后，阿比很快就把刚才发生的事情告诉了史威夫特先生、巴盖特夫人和盖瑞特先生，他们都对安迪的做法表示惊讶。

"我要出去找安迪，"他说着，"一旦让我把他找到……"

汤姆没说完话，但是大家都知道他的意思了。

汤姆把安迪常去的地方都找过了，但没有发现任何安迪的踪影。在安迪的两个伙伴家里，他也没有发现安迪。

"哼，如果我最后还是找不到他，我一定会通知警察去抓他。"汤姆决定道，"先给他一些时间考虑好了，要是到了晚上还不归还地图，我就去警局报案。"

尽管如此，汤姆还是没有放弃搜索，他继续去安迪可能会出现的其他地方寻找。进行到下午晚些的时候，汤姆已经准备放弃了。当汤姆从安迪经常玩的那个台球室出来时，他看见了自己一直在苦苦寻找的人。

"别动，安迪！"汤姆叫喊着，"你骗走的那幅地图在哪里？"

"我没拿它。"

"胡说！"汤姆迅速走到安迪身边，用手牢牢地抓住了他。

"放开我，汤姆·史威夫特！"安迪尖叫着。

"地图在哪里？"汤姆拧了一把安迪的手臂。

"在你家里，你回去看吧！我刚把它还回去了，我跟你开了个玩笑而已。"

"玩笑？你还回去了？"

"是的，还回去了。你快放我走！"

"等我确认你没有说谎后自然会放了你。安迪，现在和我一块走！"

"去哪？"

"去我家，我要看看地图是不是在那里。"

"你会发现它就在那里，你最好让我离开。我爸爸让我把地图还回去的，我也做到了。你快放我走！"

安迪挣扎着想摆脱汤姆，但是汤姆抓得很牢，发现自己处于弱势的安迪只好一脸委屈地跟着汤姆回家。一路上，汤姆都没有松开过安迪的手臂。

他们到达了史威夫特的家，汤姆仍抓着安迪，并按响了门铃。他的父亲走到门边，身后跟着阿比。

"地图被送回来了吗？"汤姆焦急地问。

"是的，安迪几分钟前把它拿过来了。"史威夫特先生说。

"是那幅地图吗，阿比？"汤姆询问着。

"是的，汤姆。我一眼看过去就确定了，是那份地图。"

"那么你可以走了，"汤姆说，"如果再让我发现你做这样的恶作剧，我会用法律的武器惩罚你。现在从我眼前消失！"

"你等着！我会找你算账的。"安迪喃喃地说，慌忙从前面的小道离开。

"他把地图弄坏了吗？"汤姆在跟着他父亲和阿比走进房子时问道。

"一点也没有，"阿比答道，"和以前一模一样，你看。"阿比把一份折叠起来的结实的羊皮纸展现在汤姆面前。这张纸上弯弯曲曲地画着一些线条，地名书写得十分潦草。

　　"这就是黄金谷的地图？"汤姆小声嘟囔着，快速浏览了一遍。

　　"是的，这里就是黄金谷。"阿比说，并用一根粗糙的手指指向了某个地方，"就在这！这……这是什么？"阿比突然尖叫道，把羊皮纸拿到眼前看了看，"这里怎么会有一团墨迹，几个小时前我看它的时候还没有。"

　　"什么墨迹？"汤姆急切地问道。

　　"你看这里，"阿比指向地图边缘的一个小点，"这里原本没有这样一个小点！"

　　"它看起来像刚刚弄上去的。"史威夫特先生补充道。

　　"新鲜的墨迹。"汤姆小声地说，"爸爸，阿比，我能猜到发生了什么事！"

　　"什么事？"阿比询问道。

　　"这份地图被安迪拿去复制了一份。现在，他和我们一样知道黄金谷的具体位置了！他有可能会赶在我们之前到达那里！"

第五章

不祥的预感

　　汤姆的一番话把大家都惊呆了，有好一会儿大家都不知道该说些什么。

　　"你真的认为安迪做了一份复制品？"史威夫特先生问。

　　"是的，爸爸，我敢肯定。"汤姆答道。

　　"现在，我还发现了另外一个问题，"汤姆继续说，此刻，他正通过放大镜近距离观察着这份羊皮纸，"你看到这些四处分布的小洞了吗，阿比？"

　　"看到了。"

　　"地图上原来有这些小洞吗？"

　　"绝对没有，"阿比答道，"看上去好像是有人用大头针扎的。"

"不是大头针，"汤姆说，"是圆规两头的尖角，或者是指南针的底盘，这些都是测量工具。肯定是安迪或其他人复制这份地图时，曾使用圆规来计算距离，这些小孔就是证据。"

"那你打算怎么办？"汤姆的父亲问道。

"我不知道，"汤姆说，"即使我能确定安迪有一份复制品，他也不会主动交出来。这件事很麻烦，在我看来，我们能做的事情只有一件。"

"什么事？"阿比问。

"尽快出发前往阿拉斯加，争取第一个到达黄金谷。"

"好！"阿比叫道，"就应该这样！我们要立刻出发。只要我们坐上飞艇到达那里，我就能找到去那个地区的路线。那里离北极圈很近，冬天的阿拉斯加简直不是人待的地方，不过，冬天反而能让普通的矿工或探险者远离阿拉斯加，因为冬天在阿拉斯加他们根本干不了什么事。"

"能不能说得再精确一点？"汤姆问道。

"我们要去的地方在锡特卡①西北方 1200 千米左右的地方。"阿比一边解释着，一边在地图上指出了位置，"我们要前往被人们称为'雪山群'的地方，黄金谷就在雪山群的中间。那地方刚刚过北极圈，极其寒冷！"

---

① 锡特卡是美国阿拉斯加州一个市镇合一的行政单位，位于亚历山大群岛巴拉诺夫岛上。——译者注

"放心吧，只要把电炉打开，你在汤姆的飞艇里就不会受冻。"史威夫特先生说道。

"那就再好不过了。"阿比继续说，"那个山谷里到处都是冰雪和山洞，普通游客去后很难适应。"

"那么你曾经到过黄金谷喽？"汤姆问道。

"呃，准确地说，没有。"阿比答道。

阿比让自己更舒服地躺在了椅子上，然后继续讲他的故事。

"那是两年前的事了，"阿比说，"那时候是夏天，我和吉姆·梅斯刚开始在阿拉斯加找矿。我们的运气不怎么好，只能往更远的北边勘探，直到我们来到雪山群。当时我们的生活物资已经用完了，如果不是几个友好的因纽特人①的帮助，我都不知道接下来会发生什么。吉姆和我给了他们一些小装饰品和其他一些东西，那些因纽特人一高兴就开始谈起那个奇妙的黄金谷。耽误了几天后，我们被带到了一块大峭壁的顶部，那里离那些因纽特人的居住地有一定距离。从那里往下望去，在很远的地方有一个奇怪的山谷，山谷中似乎填满了'大泡泡'。事实上，这些"大泡泡"是由结实的冰雪构成的。我和吉姆被告知那些都是冰洞，金子就在冰洞的附近。当然，我和我的搭档很想下去挖一点金子，但那些因纽特人不准我们那么做。不过，为了证明那里确实有金子，他们派了一个人下去，而我们则在悬崖边等着。"

---

① 因纽特人旧称"爱斯基摩人"，北极地区土著人。——译者注

"他拿到金子了吗？"汤姆焦急地问。

阿比没有回答，而是从口袋里拿出了一些鹅卵石——小小的金色石头，泛着黄色的亮光。

"这就是从冰洞里拿出来的一些金子，"他继续说，"我一直把它们留做纪念，希望有一天我能再次去那里。吉姆和我看着那个因纽特人下到了山谷里，大约3个小时后他才返回，他只去了最近的那个山洞，装了满满两口袋类似这样的小金块。他们给了我和吉姆一点点，而且告诫我们不要试图自己前往那个山谷。"

阿比停了一下，接着说道："后来发生了一场糟糕的暴风雪，我们就赶紧离开了。在离开之前，我和吉姆突然有了一个主意，也许有一天我们能够回来再找到这个山谷，因此我们需要一份地图来引导，于是吉姆就画出了这幅地图。但是可怜的吉姆再也没有机会回去了，因为就在我们和那些因纽特人迁徙的过程中，吉姆被严重冻伤，最终死在了那个冰雪之地。等到春天到来的时候，我拿着那幅地图，徒步走出了那个地方。从那以后，我一直都在计划着如何重返那个山谷。我觉得唯一可行的方法就是乘坐飞艇。后来，当我在科罗拉多州附近找矿时，我看到隐藏在树丛里的一架飞艇，我就一直等待它的主人出现。最后，我遇到了汤姆，后面的故事就不用我讲了吧。"

"所以，这就是黄金谷的故事？"史威夫特先生说。

"这就是所有的内容了。"阿比坦率地回答。

"你认为那里有很多金子吗？"汤姆问。

"很多，从那些捡到的就能看出，"阿比回答，"在那些冰洞的周围全都是金子，但也危险重重。唯一的办法就是乘坐飞艇从他们的头顶上飞过去。"

"那我们就去吧。"汤姆决定道。

"你打算全程驾驶'红云号'吗？"盖瑞特先生问。

"不，我会提前把飞艇运送到美国西部华盛顿州的西雅图。"汤姆答道，"在那里把它组装起来，然后启程前往阿拉斯加。在西雅图，我们可以获得大量的物资和补给品。因此，西雅图将会是出发的首选之地。"

"我认为你的计划非常完美。"史威夫特先生赞同道，"但是安迪怎么办，他现在有了一份复制的地图，你认为他会跟着你们一块去或者试图赶在你的前头吗？"

"很有可能，"汤姆答道，"但我会有办法对付他的。"

"与此同时，你能尽快做好出发准备吗？"阿比问，"我想尽快出发，因为到了这个季节，那里已经很冷了，而且你等的时间越长就越冷。"

"我会的，我马上就去把'红云号'拆分开，以方便运输。"汤姆承诺。

第六章

安迪的飞艇飞起来了

"嗨，汤姆，你听到那个消息了吗？"数日后，尼德向汤姆问道。

"什么消息，尼德？我最近一直忙于准备把'红云号'运往西雅图，都没去过镇上。有什么新闻发生吗？"

"噢，是关于安迪的飞艇的事。"

"安迪的飞艇？他还在造它吗？"汤姆吃惊地问道。

"他已经造好了，山姆·斯奈德克昨天晚上告诉我的，而且我听说安迪打算今天试飞。"

"你不是在开玩笑吧！"

"我是说真的，他的飞艇已经可以试飞了，他还邀请了很多人给他当观众。"

"他试飞的地方在哪里？"

"在大牧场。我们去看看吧。"

汤姆坚定地回答："我想我会去的，我这边的事情也基本忙完了。打包'红云号'的盒子和板条箱都准备好了，我会尽快把飞艇拆分开。"

"所以你真打算去寻找黄金谷喽？"

"当然。尼德，你打算去吗？我和爸爸讲过这件事，他说只要你想去，他会想办法帮你请假的。"

"那可太好了。难怪银行行长今天告诉我说，我可以在任何我想要的时间里去度个假。事实上，这也是我来找你的原因。我得谢谢史威夫特先生。"

"那么你打算去吗？"

"是的，汤姆！那真是太棒了！我的父母原本不太同意我乘坐飞艇出去旅行，但是我告诉了他们你经常去外面旅行，而且每次都安全归来。他们最终还是同意了。你打算什么时候出发？"

"两周之内。我有没有告诉过你安迪和地图的事？"

"没有，他又做了什么坏事吗？"

于是，汤姆把安迪所做的事及自己对他的怀疑告诉了尼德，并表示只要有机会，他就会想办法惩罚一下安迪。

"其实，"汤姆慢慢地说，"我不是很在意他能否成功试飞，但是我希望他不会用他的飞艇来打败我们，找到黄金谷。"

"你认为他会这么做吗？"尼德怀疑地问。

"有可能。走吧，我们去大牧场看看。"

两个人一边走着，一边谈论着很多事。汤姆聊起了他和戴蒙先生的一些书信来往，信中这个古怪的人询问起了去阿拉斯加的具体时间。

"所以他也会去吗？"尼德问。

"是的，没有戴蒙先生的'可怜的'话，那样的旅途会让人觉得不自然。对了，他还会带上一个朋友一起去。"

"谁？"

"拉尔夫·帕克先生。"

"那个忧郁的总是预测灾难即将发生的科学家吗？"

"正是那位绅士，我记得你曾见过他一次。戴蒙先生说，帕克先生希望在遥远的北极做一些科学研究，因此我已经把他算作我们队伍中的成员了。或许他在这次旅行中不会预测到灾难。"

没过多久，汤姆和尼德就来到了一片开阔的大牧场。他们看见很多人聚集在里，但是没有飞艇的踪影。

尼德说："有可能是他发现他的机器出了什么问题，然后他不打算冒险试飞了。"但是几乎就在尼德刚刚说完，人群中爆发了兴奋的尖叫声。很快，一个庞大的带着很多翼状帆布的白色物体，正从宽阔的公路上拐进大牧场里，公路那边正是安迪家的房子。

"它来了！"尼德喊道。

"无论怎么说，它还像那么回事儿。"汤姆承认，他加快速度，向前走了几步，"不过这怎么不像飞艇，更像是一架怪异的大飞机。老天！他竟然弄了这么多机翼！"

"毫无疑问，这就是安迪造出来的东西，"尼德接着说，安迪走在最前面，像个指挥官一样在发号施令，山姆和皮特正在协助他。

他们俩跟着人群涌向安迪的飞行器那边，汤姆仔细打量了一下那个怪异的机器。很明显，这不是汤姆想象中的飞艇，而是一架三翼机，除了三排主要的机翼，飞机的其他部位还有略小的机翼，其中有些是固定的，有些是活动的。机舱内部有很大的居住空间，而在中部有一个小小的封闭的客舱，显而易见，那里安装着机械装置。大体上来说，这架飞机和汤姆的飞艇很不一样，但是汤姆可以看出安迪抄袭了他的一些创意。不过，汤姆对此并不在意。

"你认为它能飞起来吗？"尼德问。

"在我看来，它太重了，而且螺旋桨太小。"汤姆答道，"如果想让那个大家伙飞起来，除非有个动力很强劲的发动机。"

人们都围在飞机周围，因为安迪已经把试飞的消息传遍了整个镇子。

"都往后退——所有人！"安迪略带生气地喊道，"如果有谁弄坏了我的飞机，我就要把他抓起来！快点，往后退，否则我就不飞了！"

"这让我想起了小孩子撒娇的时候常说的话——如果不给我糖吃我就不起来。"尼德小声地对汤姆说。

"嘿，安迪，飞一个看看呗！"人群中有人喊起来。

"要飞到云上面去吗？"

"你什么时候回来呢？"

"摘一片雪花下来吧！"

"小心点，可别掉下来哦！"

…………

人们你一言我一语地说道，因为安迪在镇子上出了名的卑鄙，他几乎没有什么朋友。

"安静点——你们这些人！"安迪命令道，"站远一些，我就要发动引擎了，受了伤可别怪我。我马上要起飞了。"他自豪地说着，"山姆，你到这里来握住这一端。皮特，你到飞机后边去。赛普生，你进去帮我发动引擎。亨德森，你做好准备，我一发出信号你就向前推。"

赛普生和亨德森是安迪雇来帮助他的两位机械师。

此刻的安迪正忙得不亦乐乎，他在地面上东奔西跑，好像在积极准备夺取一份大奖。

"你准备上去和他理论一下复制地图这件事吗？"尼德问。

"有机会的话，我会的。"汤姆小声地答道。

没过几分钟，他就等到了这样的机会。安迪在地面跑来跑去，不经意间同汤姆面对面碰上了。

"嗨，安迪，"汤姆亲切地说，"你打算试飞了吗？"

"是的，你猜对了。你今天大驾光临应该不是想从我的飞机上寻找灵感吧？"安迪用嘲笑的口吻说道。

"你也猜对了，我就是为这个来的。"汤姆笑着承认，"你知道的，安迪，我的飞艇飞不起来了，所以我想通过你的飞机找到我的飞艇飞不起来的原因。"

人群中爆发出了一阵哄笑，因为汤姆是一个远近闻名的发明家，大家都知道他做事往往都能成功。

"你打算去阿拉斯加吗？"汤姆小声地询问安迪。

"阿拉斯加？我……我不……我不知道你什么意思？"安迪结结巴巴地转过了脸。

"不，你知道我的意思，"汤姆坚持说，"我想告诉你，你手中的地图对你来说没什么用。难道你认为，阿比会笨到随身带着一份真正的地图到处乱跑吗？"汤姆接着说，"做一份和原版一样的地图很容易。安迪，为了防止地图落在坏人手中，在地图上标注错误的距离和方向更容易。"

汤姆的话停在了这里。安迪的脸先是变红，接着变得煞白。

"一幅……一幅错误的地图！"安迪支支吾吾地说，"错误的方向？"

"是的，你从阿伯克龙比先生那里拿走并复制的那份地图是错的。"汤姆接着说。

"我……我没有做任何……噢，我不想和你说话！"安迪咆哮着说，"你最好闪一边去！我准备让我的飞机起飞了。"

安迪推开汤姆，开始朝三翼机走去。但是汤姆找到了他想知道的答案，安迪的确是复制了一份地图。从现在起，他们随时都会有危险，因为安迪一定会试图前往黄金谷。

安迪在他的两位朋友和机械师们的帮助下将飞机检查完毕，汽油也已加满。最终，在经过几次失败的尝试后，他们成功点燃了引擎。

一阵极大的噪音随之发出，整个飞机似乎快要被震散架。

"它没有得到足够的支撑。"汤姆对尼德说。

"别挡着道。"安迪大声叫道，"往后退，否则后果自负！我要准备起飞了！"他爬进了机舱，坐在掌舵的位置上。引擎的转速、噪音及电火花不断增加。

"出发！"安迪对那些牵制飞机的人喊道。他们松开了牵制飞机的绳子。三翼机缓慢地驶过地面，加速再加速，后来在动力强劲的螺旋桨的助力下，飞机达到了很高的冲刺速度。

"好哇！它跑得真快！"山姆叫道。

"是呀！它就要飞起来了。"皮特也很自豪。

"最好赶快拉起飞机，否则就要掉进沟里去了。"汤姆冷冷地说，因为安迪的飞机再往前跑一段距离，就会遇到一条从牧场穿过的小溪。

没过几秒，在认为动力已经足够后，安迪拉起了升降舵，这架笨拙的三翼机扬起高傲的机头升到了空中，并向前冲去。

"它飞起来了！"山姆尖叫道。

"哇喔！"人群中一阵叫嚷。

安迪的飞机离地只有大约 3 米高，上升速度很慢。

"汤姆·史威夫特根本不是夏普顿唯一一个可以建造飞行器的人！"皮特讥笑着说。

"快看！快看！"尼德喊道，"它要下来了！"

果然，伴随着发动机的几声"咳嗽"和"喘息"，机器停止运转了。这架失去动力的飞机像只笨拙的大鸟一般，歪斜着扎进了水沟里，尾巴高高地翘着指向天空。安迪被甩了出去，还好地面的冰霜已经解冻，土壤比较松软，他并没受伤，并且在人群涌上去之前迅速站了起来。

"你看，他只飞了小小的一段。"尼德冷冷地评论道。

"不过，他下来得也太快了。"汤姆补充道，"当然我早就知道他会有此结果。他的飞机太笨重了。我已经看够了，走吧，尼德，我们要准备前往阿拉斯加了。安迪绝不可能驾驶那个机器跟着我们去的。"

但是很快汤姆就会发现他犯了一个多么严重的错误。

第七章

准备出发

安迪站在一边，看着他那高高翘起的飞机。他的衣服上沾满了水沟里的泥浆，还有一些淤泥溅在了他的脸上。

"出了什么事？"皮特气喘吁吁地问。

"你受伤了吗？"山姆问。

两位机械师也赶紧冲到了安迪身边。

"难道你们眼睛有问题吗？"安迪愤怒地咆哮着，"飞机掉下来了，这就是出的事！你们两个为什么没把引擎调试得更好一些呢？"安迪冲着两位机械师大喊道。

"更好？引擎没任何问题，"个子比较高的那位机械师说，"任何一部分机器都有可能意外停止。"

"哼，我可不认为我的机器会出意外。"安迪说，"现在看看我的飞机，全都毁了！"

"没有，它没怎么受损。"在仔细检查过后，另一位机械师说，"我们能修好它，然后你就能再次试飞，安迪。"

"但愿如此，如果能糊弄一下汤姆·史威夫特也不错。"安迪说，他把脸上的泥浆擦了擦，"过来，快点，帮我把这东西拖出来，我要再试试看。"

安迪又试了一次，但是这一次飞机甚至都没能离地。在人群的嘲笑声中，沮丧的安迪带着他的飞机回到了屋子后面的棚子里。

"我会修好它，然后进行一次长途飞行。"他宣布，"我会让汤姆·史威夫特知道，他没有资格笑话我！"

"你要试一次长距离飞行？"一位机械师问道，"你要去哪里呢？"

"这你别管，"安迪回答，并诡异地眨了眨眼，"我已经有了一个计划——爸爸和我要去做点事情，这件事会震惊每一个夏普顿的居民。"接着，安迪自言自语地走进了棚子。

汤姆和尼德则是满意地离去了，因为他们觉得安迪已经对他们构不成威胁了，至少就他的飞机而言。

"如果安迪和他的同伙跟踪我们的话，我们就把他们甩得远远的，争取第一个到达黄金谷。"汤姆说道。

"就算他们到达了那里，我估计他们也会发现'极地之旅'

并不是那么好玩，"阿比说，"但不论怎样，我们还是应该抓紧时间出发。"

"是的，我们很快就会出发，我已经把'红云号'打包好了，准备运往西雅图。尽管我选择的是特快专递，但运到西雅图还是需要花费好几天时间。"

"戴蒙先生怎么办？"尼德问，"他什么时候来？"

"他还没跟我说。"汤姆答道，"不过，他随时都可能会来。我觉得，等我们出发的时候他就会出现了。我已经好几天没有他的消息了。"

就在汤姆、尼德和阿比谈到这里时，库房传来了一阵敲门声。

"谁？"汤姆问。

"是我。"很明显，这个声音的主人是易瑞德凯特。

"怎么了，瑞德？"汤姆问。

"哦，我来只是想告诉你，那个'可怜的'男人正沿着这条路走过来了。"

"可怜的男人？"汤姆重复道，"哦，你是说戴蒙先生？"

"嗯，我就是这个意思，而且和他一起过来的还有另一位绅士。"

"我猜是帕克先生吧。"汤姆说，"好的，易瑞德凯特，请告诉他们到这里来。"

不一会儿，汤姆和尼德就听到了一个声音。

"噢，可怜的领带！'红云号'不见了！"戴蒙先生瞅了瞅停放飞艇的棚子，由于汤姆已经把"红云号"打包好了，因此他并没有看见那架飞艇，"希望我们没有来得太迟！"

"我也是，"帕克先生说，"我很想到北极去研究一下那些冰洞。我觉得那些冰洞也有可能出现在南方，而且随着时间的推移，厚厚的冰雪可能覆盖这个国家的大部分地区。"

汤姆微笑着走到棚子的门口说道："我们在这里呢，戴蒙先生。很高兴见到你，帕克先生。"最后这句话也许不是出自真心，但是汤姆表现得很礼貌。

"可怜的领扣！汤姆，飞艇怎么不见了？"戴蒙先生问。

"已经被我分解了，都已打包好。我们准备前往黄金谷了。"汤姆答道，接着他把他们的计划简单地说了一遍。

阿比也把自己的故事向帕克先生和戴蒙先生讲述了一遍。当大家都彼此熟悉之后，他们便开始讨论即将到来的旅行。

对于这次前往北极冰川的旅行，帕克先生尤其感到焦虑，他不停地重复着自己的观点，认为阿拉斯加大量的冰雪正朝南边扩展，但是没有人在乎他的言论。然而，汤姆也知道一个令他感到惊悚的事实，那就是帕克先生曾经准确地预言了地震岛的沉没和幽灵山的毁灭。

汤姆的飞艇终于被邮寄出去了，目的地为西雅图。

出发前的一天晚上，汤姆拜访了玛丽小姐。回来路过安迪家时，他看到很多拉货的马车载着大大小小的包装箱进出于佛格家的院子。

"难道他们要搬家吗？"汤姆思索着，"如果是的话，这大晚上的搬家也太奇怪了。"站在安迪家门口，他看着那些忙碌的货运马车。这时，他听见了安迪的声音。

"你们最好小心每一件东西。"安迪狂妄地说着，"损坏了任何东西，我都会让你们照价赔偿。"

"那小子真让人讨厌，仗着他老爸有钱，以为自己很了不起！"一位从汤姆身边路过的车夫抱怨道。

"你们在搬什么呢？"汤姆小声地问道。

车夫愤愤不平地说："他准备运输一架飞机，这些箱子里装的全部是拆分好的飞机零部件。那个小子像神经过敏一样，老是担心我们会弄坏它。依我看，这些东西本来就是些破玩意儿。"

"一架飞机！安迪要把他的飞机运输出去？"汤姆惊讶地说，"运往哪里？"

"阿拉斯加。"车夫回答道，这是个令人吃惊的回答。"一个叫皮特卡还是锡特卡的地方。这些箱子里都是他的东西"。

"安迪要把他的飞机送往阿拉斯加！"汤姆惊愕地喃喃自语，"那么，他肯定准备去寻找黄金谷了！"

汤姆转过身去。此刻，安迪的咆哮声还在黑夜中回响，他还在警告车夫对马车上的盒子和板条箱小心点。

第八章

黑夜里的小偷

尽管汤姆确定安迪有一份复制的地图，但是他很难想象安迪真的会尝试前往黄金谷。

"不过，考虑到他的那架飞机，"汤姆沉思着，"我不相信他能驾驶那样一架飞机飞很远，尽管我不知道在第一次试飞失败后，他是否做了很多的改进。没关系，就算他想打败我的飞艇，我也有所准备。至少我已经发现了他的阴谋，这也是件好事。"

回到家里，汤姆把他看到的事情告诉了戴蒙先生和其他人，他们听完后感到非常震惊。大家都变得警惕起来，佛格先生和他儿子阴险的计划已经开始了。

"但是我们能做什么呢？"史威夫特先生问。

"给他们点颜色看看！"易瑞德凯特大声喊道，他无意中也听到了他们之间的对话。

然而，在全方位考虑过这件事情后，大家都觉得现在没有任何办法可以阻止安迪。

"让他去吧，"汤姆说，"我可不认为他们会找到黄金谷。我想安迪可能相信了我的话，认为地图是假的，因此他的旅行不会很轻松。"

"就算佛格父子找到了黄金，"帕克先生冷静地说，"他们也带不出那些洞穴，因为冰洞随时都可能坍塌，而那正好是我想看到的，我会证明我的理论是正确的。"

"我们会顺利拿到金子，"汤姆低声说，"对吧，阿比？"

"放心吧，汤姆。"阿比答道。

现在，坐火车前往西雅图的准备已经基本完成了。在接下来的几天里，汤姆对佛格父子的事做了些调查，他发现，佛格父子在指挥完飞机的打包运输后，已经离开了镇子。

"好啦，我们今天就出发。"一天早晨，汤姆说，"阿比，要不了两周，我们就会翱翔在黄金谷的上空。"

"希望如此，汤姆。你已经把地图妥善保管好了吧？"

"那是肯定的了。你们都准备好了吗？"

"是的。"

"那么，早饭后我们就前往车站。"这些探险者们打算先乘坐从夏普顿开出的火车前往更大的火车站，然后换乘快速干线前往美国西部。

出发前，史威夫特先生、巴盖特夫人和易瑞德凯特站在门廊挥舞着手，向他们告别。尼斯特小姐已经在前一天晚上向汤姆道别了，其实她不止一次向汤姆告别，因为汤姆最近经常去她家看望她。

在车站，汤姆遇到了他和尼德的一些朋友。他们为了说声一路平安而聚集于此。

火车马上就要出发了。在站台的人群里，汤姆发现了皮特·贝莱，他看见皮特进了电报局。

"他肯定有什么要紧的事需要发电报。"尼德说，他也看见了。

汤姆没有回答。尽管天气很冷，电报局的窗户还是微微敞开了一点，汤姆正好能听到电报机发出的敲击声。汤姆对莫尔斯代码很熟悉。通过这些电报敲击声，汤姆能够轻易识别皮特发送的那份电报的内容。他听到这份电报的接收地址为芝加哥的某个旅馆，接收人是安迪·佛格。消息的内容是：汤姆那伙人今天离开了。

"他发那些话是什么意思？"汤姆思考着，但他并没有告诉尼德他所听到的无线电的内容。

火车进站了。大家登上火车时，汤姆对此事仍旧很迷惑。

"哈哈，我们出发啦！"尼德大喊道。

"是的，我们出发了。"汤姆低声说，并对自己说，"在我们到达之前，不知道会发生什么事情。"

前往芝加哥的旅途一切顺利。在到达时，汤姆密切地注视着安迪和他父亲的踪影，但并没有看见他们。他还到皮特电报里提到的那家旅馆进行了秘密调查，发现佛格父子已经先行离开了。

"可能是我太多心了。"汤姆想。

在离开芝加哥时，汤姆发现，和他们在同一节车厢的其他乘客中，有一个人似乎在密切关注着他们。那是个留着黑胡须的男人。事实上，由于胡须的颜色太深，汤姆立刻就发现了那只不过是个道具。这件事，本身没有什么大不了的，但是这个男子的刻意伪装，使得汤姆怀疑起来。

"我觉得那个男人是个赌徒，尼德。"一天下午，正当火车在急速飞驰时，汤姆对他的好友说。这个令人怀疑的男子就坐在和汤姆隔着几个座位的地方。

"确实挺像的。"尼德同意。

"我想，如果他邀请你一块玩牌，你应该不会答应吧？"过了一会儿，汤姆接着说。

"当然不会，我才不会干那样的事。"尼德笑着答道，"不过，我们最好向阿比说说这个人。如果这个男人是个骗子的话，阿比说不定认识或者是见过他，因为阿比经常往来于东部和西部。"

"我们去问问他。"汤姆赞同道。但当他们问阿比时，阿比却说他从来没见过那个男子。

"他看起来的确像个骗子，"阿比说，"管他呢，只要他没有侵害到我们的利益，我们也没有必要担心。"

因此，他们没有再去提醒戴蒙先生或帕克先生注意那个男子，况且戴蒙先生正忙于欣赏风景，因为这趟旅行对他来说比较新鲜，他不停地为眼前的风景祈祷；而帕克先生正沉迷于思索某种新的理论，不怎么和别人说话。

在他们注意到这个黑胡须男人的当天晚上，汤姆很晚都没有入睡。他给父亲发去了几封电报，他还给玛丽发了一封。就在他准备上床睡觉时，他看见了那位被他称作"赌徒"的男人，正准备进入车厢的吸烟室。

汤姆不知道自己什么时候睡着的，当感觉到枕头移动时，他马上就醒了。起初他还以为是火车出现了晃动，他正准备再次入睡时，又听到一阵响动。他立马意识到这肯定不是因为火车晃动造成的。汤姆突然想到在他的枕头下有一个特制的小皮箱，里面装着那幅标记着黄金谷位置的地图。

他立刻坐起来，往枕头下一摸。他感觉到有一只手迅速地缩了回去。汤姆抓了一把，但那只手从他的掌中溜了出去。

"喂！你是谁！"汤姆大叫，努力地在黑暗中辨认。

汤姆突然俯身向前，拨开了床上的帘子。车厢的过道上亮着一盏昏暗的灯。借助这点昏暗的光线，汤姆瞥见一个人迅速地离开了，他十分肯定那个把手伸进自己枕头下的人就是黑胡须男人。很快，他就证实了自己的怀疑，因为在那个人侧身往回看的一刹那，汤姆看见了那抹胡须。

他想偷走我的地图！汤姆惊讶地思索着。

他笔直地坐着，想着自己该做点什么。他想，如果发出警报指控那名男子，这个窃贼肯定会矢口否认。如果汤姆大声疾呼并向车上的人求助，人们肯定会问他枕头底下究竟是什么东西。汤姆和他的朋友们并不希望这次旅行的目的被更多人知道。

他摸了摸装地图的小皮箱，在昏暗的灯光下，他看见地图依旧躺在里面。"不管怎样，他没有拿到它。"汤姆喃喃细语，"明天早上我再把这件事告诉朋友们，让他们警惕这个对地图图谋不轨的'赌徒'。"

汤姆看了一眼挂在小床位上的外套和其他衣物，然后很快检查了一下，发现他的钱和车票都在。"他果然是在寻找地图。"汤姆若有所思地说，"等到明天早上，我一定要和戴蒙先生商量一下怎么办才好。难怪那家伙老是在注意我们，原来他是想知道谁拿着那幅地图。那么他肯定知道地图是做什么用的。我敢打赌是安迪或是他爸爸安排这个男人来偷地图，这一切变得越来越玄妙了！我们必须始终保持高度警惕，等到明天早上我再看看能做点什么。"

但是到了早上，那个黑胡须男子已经不在火车上了。在询问过列车员后，汤姆才知道，午夜后不久，那个神秘的陌生人就在一个小站下车了。

第九章

一个破坏性的举动

"可怜的铅笔刀！"第二天早上，当听汤姆讲了昨晚的经历后，戴蒙先生惊叫道，"这些不要脸的家伙竟然干出这种事，看来我们和他们迟早会发生正面冲突！我们该做点什么，汤姆？要不，由我们中的某个人保管地图吧？"

"算了吧。"汤姆答道，"他们已经偷过一次地图，并且发现我没那么容易睡着。我认为他们不会再次尝试这么做。所以，最好还是由我来保管这份地图。"

汤姆把地图藏在一个老式的钱包里，因为他认为老式钱包不会像新式箱子那般吸引人。但是他仍然没有放松警惕。在接下来的几个夜晚，他都没睡踏实。一到夜里，他总是感觉有只手伸进枕头下，于是不断醒来。

最后，尼德建议，每个人轮流在晚上坐着，密切留意汤姆的床位。大家都同意这么做，并且也分配好了守夜的时间段，轮流看守这份珍贵的地图。不过，自从"大胡子"消失后，再也没发现有人试图去偷他们的地图。

"我只想知道安迪的计划到底是什么。"汤姆说，"我猜，在他第一次看到地图时，他就决定去寻找黄金。"

"寻找黄金的建议可能是他父亲提出来的。"尼德说，"我听说，佛格先生最近损失了一大笔钱。"

"我也想到了这一点。希望'红云号'的所有零部件都已安全抵达西雅图。"

事情的确如他们所料。几个小时后，他们在西雅图一家旅馆落脚。货运站里全都是装着飞艇各个部分的盒子和箱子。经过与之前写下的单子进行比对，汤姆发现没有遗失任何东西。

"我们要尽快把它组装起来。"他对朋友们说，"然后，我们就出发前往阿拉斯加。"

"你准备在哪里组装飞艇呢？"戴蒙先生问。

"我得去租一个比较大的棚子之类的地方。"汤姆解释道，"我想起来了，有一个地方可以。那是一个大型的露天交易市场，前不久那里举办了一场热气球大赛，举办方为此专门搭建了一个大棚子。我想，露天交易市场的大棚子正好符合我的要求。"

"那么，还要等多久，我们才能出发前往黄金谷呢？"阿比焦急地问。

"哦，如果一切顺利的话，大约一个星期。"汤姆答道。

汤姆没浪费任何时间，紧锣密鼓地开始了组装工作。他把飞艇的所有部件都运到了租下的大棚子里。探险者们带着美好的期望，辛苦地工作着，他们只花了三天就把飞艇重新组装好了。

"可怜的橡胶鞋！"看着这架大飞艇，戴蒙先生高兴地喊道，"我想起了第一次乘坐它时的情形，汤姆！"

"是啊，我也是。"汤姆赞同道。

"你要不要试飞一次？"尼德问。

"哦，是的。我想，我们可以明天或后天来做这事。"汤姆答道，"在前往冰天动地的北极之前，我一定要确保飞艇的各个方面运作正常，毕竟我们这么多人的性命都交给它了。试飞能让我发现它的一些问题并及早解决。同时，在那样低的气温条件下，我还需要一种特殊的汽油防冻液。"

"确实，这里都已经很冷了。"尼德说道。和夏普顿比起来，他们现在所在的地方纬度更高，此外，由于冬天即将来临，因此西雅图的天气已经变得十分寒冷。现在，并不是前往阿拉斯加旅行的最佳季节，但是他们别无选择。

"但不管怎么样，我们在飞艇里是暖和的，对吗？"阿比问。

"噢，是的。"汤姆回答，"我们会感觉很暖和，而且还有很多吃的。不过，这倒提醒了我一件事，我必须开始准备我们的粮食和其他必需品，因为我们很快就要出发了。"

　　在机械师的协助下，经过两天加班加点的忙碌，飞艇终于可以试飞了。一天下午，"红云号"被从大棚子里移了出来，停放到一片开阔的平地上，气体制造机开始制造浮力气体，发动机也开始运转。

　　因为一些机械装置安装错误，飞艇出了点故障，但是汤姆很快就修理好了。然后，随着巨大的螺旋桨旋转起来，飞艇在地面不断加速前进。

　　没过多久，它就如一只雄鹰在天空翱翔起来。此刻，那些每天聚在棚子周围，希望目睹"红云号"展翅高飞的人们爆发出了一阵欢呼声。

　　"一切都好吗？"尼德来到驾驶舱，对正在掌舵的汤姆问道。

　　"就跟它在夏普顿时表现得一样棒。"汤姆自豪地答道，"等生活物资到位，我们就马上出发。"

　　为满足地面观众的好奇心理，也为了测试飞艇的稳定性和操控性能，汤姆表演了很多"绝技"。所有的机器都运转正常，"红云号"出色地完成了这次试飞，汤姆没发现任何需要完善的地方。

　　飞艇依靠气囊的浮力稳稳地降落到了地面。借助机舱底部的轮子，他们很快把飞艇送进了棚子里。因为聚集的人越来越多，很多好奇的围观者都想伸手去触摸这个梦幻般的飞行器，停放在外面是很不安全的。

　　"明天我会安排往飞艇上搬运生活物资和其他补给品。"

汤姆对他的同伴们说，"现在，你们最好回到旅馆去休息。"

"你不和我们一块儿去吗？"尼德问。

"我打算今晚睡在棚子里。"汤姆说，"'红云号'已经蓄势待发，我不能让它出现任何风险。佛格父子的眼线很可能就在周围徘徊，他们随时都会溜进来破坏我们的出行工具。"

"但是看门者会看护好它的。"尼德建议。自从他们租下这个棚子，汤姆就雇用了一个人来整夜值班。

"我知道，"汤姆说，"但是我不想给敌人任何机会。我会和看门者一同留在这里。"

尼德提出要与好友共同承担守夜的责任，经过几次劝说后，汤姆终于同意了。于是，其他人返回了旅馆。

那天夜里，汤姆比平时更加瞌睡，尼德也是如此。最后，他们在飞艇的机舱里睡着，欢快的呼吸声意味着他们睡得很香。显然，白天的忙碌把这两个年轻的小伙子累坏了。

看门者坐在棚子内的大门边哈欠连天，在他身旁放着一个火炉，用来驱散入冬前的严寒。这位看门者白天一直在睡觉，按理来说，他不应该像现在这般瞌睡。

"怪了，我怎么会这么瞌睡呢？"他多次低声说，他看了看表，又加了一句，"这才刚过 12 点。我想我得起来走走，让自己清醒点。"

他虽然决定起来走走，但始终觉得无力。于是，他舒展自己的双腿，舒服地靠在了椅子上。

不到 3 分钟，这位看门人就闭上了眼睛。此时，一股奇怪的甜甜的香味在看门人的周围弥漫开了。

飞艇棚的门口传来一阵声响，这个门上有几处缝隙，一个站在门外的男人把一个类似打气筒的东西放在了一边的地上，用一只眼睛对准缝隙往里看，他看到了那个睡着的看门人。

"你终于睡着了。"男子谨慎地自言自语道，"我还以为你根本不睡觉呢！现在我要进去给那两个小家伙喷点药。然后，这地方就是我的了。"

门锁处传来了"咔嗒"的声音，这锁本来就不牢靠，在这个午夜拜访者灵巧的手下很快就被打开了。一名男子走了进来，他看了一眼已经陷入沉睡的看门者，听着他沉重的呼吸声，然后轻轻地朝着飞艇走去。相对于这个棚子来说，飞艇看上去格外大，它几乎占据了棚子内所有的空间。

这名男子透过机舱的玻璃窗户往里看了看，发现尼德和汤姆正在呼呼大睡。不一会儿，空气中再次弥漫起令人头晕的气味。

"他们被迷昏了。"他低声地说。然后，他拿起一把长长的、尖锐的刀，开始了他的破坏行动。在昏暗的灯光下，"红云号"的机翼看起来很像鸟的翅膀，在他无情地挥砍和撕扯下，飞艇发出了一阵阵撕裂和破碎的声音，但是汤姆、尼德和看门人仍完全沉浸在睡梦里。

第十章

汤姆被袭击

汤姆睡得并不安稳,他再一次梦见自己睡在火车的床铺上,小偷正在他的枕头下摸索着地图。不过,这一次汤姆感觉到了有手在摸他的衣服,甚至试图伸进他的内衣口袋。

入侵者使用的迷药效果持续时间并不是很长,而且从棚子外面渗透进来的新鲜空气很快就把这种催眠气体驱散了。

"我最好还是不要冒险了,"入侵者喃喃自语,"他可能不会随身带着地图。如果搜遍他所有的口袋,说不定会惊醒他。不管怎样,我已经按照雇主的要求把事情办到了。"

最后,这个蓄意破坏者看了一眼那两个熟睡的小伙子后就溜出了飞艇机舱,很快消失在夜色中。

　　天亮了，帕克先生一个人留在了旅馆里，因为他说想根据一项新的理论计算某些结果。戴蒙先生和阿比于是来到了大棚跟前，他俩使劲敲着大门，但是无人应答。

　　"我想，此刻他们应该起床了。"戴蒙先生说，接着他又敲了一下门，"汤姆说过，他今天有很多事要干。"

　　"也许他们正在里面忙着呢，没听到我们的敲门声。"阿比建议说，"试一下，看门开着没有？"

　　入侵者离开时并没有把门锁上，所以戴蒙先生使劲一推，门就开了。戴蒙先生首先看到的是看门人，他仍旧在椅子上睡着。

　　"可怜的灵魂！"戴蒙先生大叫道，"看看这儿，阿比！"

　　"不好！"阿比嗅了嗅空气，叫喊着，"坏蛋可能来过这里！汤姆他们在哪里？"

　　"他们在这儿！"戴蒙先生喊道，"可怜的眼镜！看看飞艇！机身和机翼都被割破并砍烂了！'红云号'被毁了！"

　　阿比迅速冲到戴蒙先生身边。看着眼前已经形成的破坏，他的脸上表露出一副狂怒的表情。

　　"又是安迪·佛格！"他怒不可遏地说，"我要让他们为此付出代价！不过，先看看汤姆他们怎么样了！"

　　敞开的大门让新鲜的空气飘了进来，吹散了残余的气味。看门人是第一个醒来的，汤姆和尼德也很快苏醒过来。看到昨晚发生的事情，他们的脸上混杂着惊诧和愤怒。

飞艇的主机翼、方向舵及一些辅助机翼都有被锋利的刀具砍过的痕迹，有的部位损坏特别严重。已成碎片的帆布在空中悬挂着。此前收拾得整整齐齐的"红云号"，现在看起来就像垃圾回收站里的破烂飞机。汤姆情不自禁地发出一声怒吼。

"是谁干的？"他喘了一大口气喊道。

"你们都睡着了，"戴蒙先生说，"我甚至都没能叫醒你们！"

"而且棚子里有股三氯甲烷①的味道。"阿比补充道。

"看看我们的飞艇！"汤姆呻吟着。

"它被毁了，我们还能去黄金谷吗？"尼德问。

好一会儿，汤姆都没有做出回答。他来回地走着，仔细观察这架受损的飞艇。

"可怜的手表链！"戴蒙先生叫道，"真是卑鄙的行径。汤姆，你能修好它吗？"

"我想可以吧，"汤姆回答得很犹豫，"它的情况并没有我起初所担心的那样糟糕。所幸气囊没有被动手脚，如果气囊被破坏了，我们很难对其进行修复。我想，他们肯定又尝试了一次从我这里偷走地图。"汤姆盯着好几个被翻过的口袋后说。

检查完大门后，他们发现了门锁被强行打开的情况，因此这些探险者很轻易地猜出了剩下的事情。但午夜闯进来的破坏者是谁，大家还不得而知。不过，汤姆和其他人可以肯定那人

———————

① 三氯甲烷是一种具有麻醉性的无色透明液体，有特殊气味。——译者注

是佛格父子雇来的。

"他们想拖延我们的时间。"汤姆说，"他们认为，这个方法可以阻止我们，但是这耽搁不了我们太多的时间。我会立刻开始修补工作，造出新的机翼和方向舵。"

汤姆一旦进入工作状态，什么也干扰不了他，他几乎不愿停下来吃顿饭。他们买了一些新的帆布，当天下午晚些时候，一些受损的机翼已经修复完毕。与此同时，他们预定的生活物资和必需品也已经到货了，这些货物在阿比和戴蒙先生的指挥下被已经放进了"红云号"的机舱里。在一位雇员的帮助下，汤姆和尼德认真地更换了受损的机翼和方向舵。帕克先生也来到了飞艇棚，不过他基本上帮不了什么忙，他要么时不时地停下来，拿出他的备忘录记录一些他观察到的东西，要么把工具放在一边走到外面去，看看天气然后做出预测。汤姆他们的工作效率非常高，用不了几天他们就能完成所有修复。

依旧没有人看到佛格父子的踪迹，汤姆觉得他们此刻应该在锡特卡。汤姆一行也没看到任何可疑人物在飞艇棚周围徘徊。接着，探险者们离开了落脚的旅馆，把他们的住处安在了飞艇里。在未来的几天里，飞艇就是他们的家了。他们打算一直守在飞艇旁边，而且他们又雇了两名守卫。

经过几天辛苦的工作，他们终于完成了最后一部分的修复。一天晚上，汤姆终于轻松地说道："我们明天就出发。我现在去一趟市区，给家里发些消息，告诉爸爸我们很快就要出发了。"

"我能和你一块去吗？"尼德问。

"不，我希望你待在这儿。"汤姆低声说，"我们不能再冒任何被拖延的风险了。而且我们明天要启程了，安迪那伙人可能会再次尝试着做坏事。"

不过，令汤姆没想到的是，他自己差一点就再也回不来了。当他发完电报，买完旅行所需的部分用品后返程的时候，他走进一条黑暗的道路。他一边走着，一边思考着他和伙伴们在将来抵达冰洞时有可能面临的问题。正当他走到一块高木栅栏边时，听见一个略带沙哑的声音低声说："他来了！"

汤姆立刻警觉起来。他向后跳了一步以避开这个移动的黑影，但是为时已晚。有什么东西对准他的后脑勺狠打了一下，他慢慢地失去了知觉。他极力想要恢复自己的感觉，他意识到要不是因为天气寒冷，他把大衣的领子竖起来挡在了后脑勺，他的头颅可能早被这重重的一击打开花了。

"抓住他！"另一个声音命令道，"我要仔细搜搜他！"

包裹从汤姆无力的手中掉了下来。尽管他的意志在顽强地做着抵抗，但是他的身体在慢慢往下倒。他能感觉到，有几只手在他的身上快速地移动着，然后他慢慢地毫无知觉地闭上了眼睛。

第十一章

前往冰封的北极

接下来，汤姆感觉自己正在同梦魇进行搏斗。他能感觉到一双强有力的手正抓着他，恶魔般的面孔正死死地盯着他。

过了一会儿，他的大脑逐渐变得清醒了，此前因受袭而松垮的肌肉也逐渐恢复了力量。他握起拳头猛烈地砸在了某人的脸上，随后他就听到了一声痛苦的哀号声。

接着，人行道上传来了一些奔跑的脚步声，汤姆还听到了警棍发出的"哗哗"声。

"警察来了！快跑！"他听见一个声音喊道。

他们迅速放开了汤姆的身子。汤姆摇摇晃晃，差点又倒下去。下一刻，汤姆就看到了一个身材高大的警察的脸，是他支撑着汤姆的身体。

"发生了什么事？"警察问。

"我想是持械抢劫。"汤姆咕噜着。

"他们从你身上抢走什么东西了吗？"

"没有，我想是没有的。"汤姆把那幅珍贵的地图放在了他腰部的皮带处，而那里没有被歹徒动过。

"幸亏我及时出现。"警察说，"这附近可真是糟糕，最近这里出现了好几个持械抢劫犯。"另一位警察在听到枪声后拿着警棍跑了过来。"刚才有好几个带着器械的家伙袭击了这个年轻人。他们朝那个方向逃跑了，迈克，你去追他们，我待在这里。还好我及时赶过来了，他们没抢走任何东西。"

"他们的目的是寻找地图，"汤姆想，"而不是我的手表或钱。这肯定又是佛格父子搞的鬼，我们必须尽快离开这儿。"

警察向汤姆询问了更多的细节，但是他对所携带的地图只字未提，只是让警察认为这是一桩普通的抢劫案。汤姆这么做的原因是不想让报纸上出现任何有关他要寻找黄金谷的消息。

就在此刻，另外那名警察回来了，他没能找到那些胆大妄为的家伙，也没有发现他们的任何踪迹。两位身着蓝色警服的警察出于安全考虑，提出把汤姆送回家。但是汤姆声称不会再有危险了，在提供了自己的姓名以便警察将此事上报给总部后，汤姆被允许自行回去。遭到袭击后，他的头有点疼，幸好除此之外再没有受伤。

"那些家伙一直都在监视我。"汤姆推测道，并迅速朝飞艇棚走去。"安迪和他爸爸越来越疯狂了，我想我知道其中原因。我使出的那个小计谋在安迪身上起作用了，他认为那幅地图是错误的，所以一直想从我这里拿到正确的地图。我是不会让他得逞的，我们明早就离开这里。"

当天晚上晚些时候，汤姆把这件事告诉了他的朋友，大家都表现出无比愤怒和吃惊。

"可怜的拐杖！"戴蒙先生叫道，"此事过后你需要一个保镖。"

"我真想狠狠地教训一下那些无耻之徒！"阿比喊着，"我要让他们知道我不是那么好欺负的！"汤姆和尼德看了看阿比那健壮的体格、粗壮的手臂和粗糙的双手后，立即觉得如果发生打架事件，他们在很大程度上可以依赖阿比。

"我很高兴不会再有任何拖延了，我们很快就能前往北极了。"过了一会儿，帕克先生说，"我很想证实关于冰壳运动的理论。我今天遇到了一个刚从阿拉斯加北部回来的人，他说那里已经进入了严冬。所以我迫切地想前往冰洞那里。"

"我也一样。"汤姆补充道。不过，他的迫切心情出于另外的原因。

第二天早上，大家都早早地起了床。在出发前，他们还有很多事情要处理，因为旅途中潜伏着巨大危险。在汤姆的指示下，制造出更多的气体，并充进了巨大的气囊里。大家对机翼表面、机翼翼梢和方向舵做了最后一次调试，并对引擎进行了试运行。

"我想一切都没问题了，"汤姆宣布。

"红云号"被他们从大棚子里推了出来，停放在一片空地上。汤姆总是在有风的情况下，通过助跑的方式让飞艇爬升至高层大气，比起像热气球那样的升空方式，这种方式能让汤姆更好地控制飞艇。

"请全体人员登机！"看到跑道被清空后，汤姆大喊道。尽管现在还很早，但场地周围已经聚集了一大批围观的群众。西雅图的人口众多，加上由于这样的飞行器在当时来说并不常见，所以就算天空飞过一架飞机，人们都会好奇地抬头仰望。

"飞起来吧！"尼德热情高涨地喊着。

汤姆坐在操作室的位置上，操作室位于主机舱的前半部分。尼德在发动机室，随时准备在需要的时候提供帮助。戴蒙先生、帕克先生和阿比都在主舱里，望着窗外迅速增多的人群。

"出发！"汤姆喊道，他拉了一把控制杆，启动了引擎，强劲的螺旋桨呼呼地旋转着，看起来就像一个模糊的光盘。巨大的飞艇快速地驶过地面，朝前奔去，螺旋桨的每次转动都给飞艇增加了速度。

汤姆一把拉起了升降舵，飞艇突然抬离地面，掠过众人的头顶。人群中爆发出热烈的欢呼声和掌声。

"前往冰封的北极！"尼德挥舞着帽子大喊。

汤姆转了转方向舵来改变飞艇飞行的方向，戴蒙先生正盯着地面的人群。

"汤姆！汤姆！"戴蒙先生突然大声叫道，"黑胡须男人，那个企图在火车上扒窃你的男人！"他向下指着人群中的一个人。

"现在，他可偷不成我们了！"汤姆一边说，一边加快了"红云号"的飞行速度。然后，在他把方向舵设置为自动模式后，汤姆拿起了望远镜，透过玻璃观察着戴蒙先生指的那个人。

第十二章

遭遇冰雹

"对，就是那个男人，没错！"汤姆也发现了这一情况，
"他来这里如果是为了再一次试图偷走地图的话,那就太迟了。"
汤姆把望远镜递给了尼德，他也证实了这个人的身份。

"也许他来只是想看看我们是否出发了，然后通过电报报
告给安迪或者他的爸爸。"戴蒙先生推测。

"可能吧。"汤姆承认，"不管怎样，我们至少能够摆脱
敌人一段时间。"他移动了另外一个操纵杆，"红云号"加快
了速度向前冲去。

"安迪有可能在和我们竞赛。"尼德建议道。

"我可不认为他的飞机能做任何事，"汤姆说，"他从来

不会自己思考出某个东西，只会一味地模仿别人。在我造出一辆汽车后，他也企图造出一辆打败我，现在他又制造出了一架飞机，企图挑战我的飞艇。好吧，让他尽管试吧！我会打败他的，就像我以前做的那样。"

此刻，他们已经飞到西雅图的郊区，飞行高度大约是300米。他们依稀还能看见好奇的人们在盯着他们看。过了一会儿，聚集在飞艇棚周围的人群已经消失在一座小山后，他们再也无法看到那个黑胡须的男子了。

"我们现在已经安全了。"尼德说。他和汤姆刚刚检查了一遍"红云号"，发现它运转得相当令人满意。

"是的，'红云号'运行得比以前更加顺畅。"汤姆说，"我觉得，把它拆开后又组装到一起反而给它带来了好处，我们让它重新焕发了生机。这架飞艇是我的骄傲，我希望在此次前往冰洞的旅途中它不会出现意外。"

"如果我的理论会得到证实，我们就得小心别让冰洞里掉落的冰块砸到它，冰雪的覆盖区域正朝着南边发展。"帕克先生说，他似乎很希望看到类似事件发生，这样就能表明他的理论是正确的。

"噢，我会小心照看好'红云号'，以免它被两座迅速形成的冰山给夹住。"汤姆说。但是他不知道"红云号"即将面临的悲惨遭遇，也没意识到他们正一步步濒近死亡的边缘。

"不管你如何小心，你也不能战胜那些可怕的冰块。"

忧郁的科学家帕克先生说，"我想我们会同时看到最美妙和最可怕的景象。"

"可怜的帽子！"戴蒙先生大叫，"不要说那些可怕的事情，我亲爱的帕克！高兴点，不行吗？"

"在预言一个可怕的自然灾难时，科学没有高兴不高兴之分。"帕克先生答道，"如果我不坚持我的理论的话，我就不是一个负责的科学家。"

"好吧，那你就悄悄地坚持自己的理论吧。"戴蒙先生建议，"可怜的指甲！我们什么时候吃午餐呢？"

"你什么时候想吃都可以，戴蒙先生。你准备再次担任厨师吗？"

"我想是的，而且我正打算去厨房做一顿大餐。这会把我的思绪带离帕克先生所说的那些可怕的事情。"

然而，即便忧郁的科学家听到了这些"挖苦"他的话，他也不会有所回应。因为此刻，他正忙于在纸上记录数据，他想知道不同大小的冰山在体积增大或缩小 15% 的情况下，会释放出多大的能量。

不到中午，戴蒙先生做好了午餐。午餐吃得很尽兴，阿比显得格外兴奋，因为他从来没有在如此高的天空中享用过食物。飞艇的高度计显示"红云号"的飞行高度已经超过了 3700 米。

"这简直太棒了！"阿比看着下方的土地喊道，广袤的陆地看上去就像一幅展开的巨大地图。"太壮丽、太美妙了！我从没想过我可以凌驾于万物之上，但这是我们到达隐秘山谷的唯一途径，要不是这架飞艇，我们可能要花费整整一年的时间才能找到那里，而且还会面临土著人的驱赶。但是有了飞艇，我们就能从他们的头上飞过去，把金子全部拿走，满足所有人的愿望。”

“那里有足够的金子来满足所有人的愿望吗？”汤姆开玩笑地问道，“我可是拿再多的金子也不会感到满足的。”

“我也是。”尼德补充道。

“噢，那里有很多很多的金子。”阿比说，“我们唯一要做的事就是弯下腰把它捡起来，这一点我相信大家都会做。”

这天剩余的时光在平静中度过了。接近黄昏的时候，汤姆担忧地观察着外面的天气。尼德很快注意到了汤姆不安的情绪，他问：“你在担心什么事情吗，汤姆？”

“是的。”汤姆回答，“我想，我们要进入强风暴区域了。气温越来越低，气囊里的浮力气体不断凝结成冰，这比我预想的要严重得多。为了维持目前的飞行高度，我只能加快飞行速度。”

汤姆加大了引擎的输出功率，在设置好引擎和方向舵以后，飞艇又处于自动飞行模式。夜幕降临，汤姆再次来到主舱，同大家一起享受晚餐。

整整一夜，这架巨大的飞艇都在自动飞行。汤姆有时候会爬起来看看某些记录仪器。天气变得越来越冷，气囊里的气体在逐渐减少。不过，汤姆也不是太担心，因为这架飞艇是气囊和飞机的结合体，即便气囊完全失去浮力，只要能够保持较高的速度前进，飞机的机身和机翼仍然能维持飞艇正常飞行。

这天的清晨是如此的阴沉灰暗，空中降下了一些雪花。种种迹象表明，一场暴风雪即将来临。此时，他们高高地飞行在一片荒凉地区的上空，地面人烟稀少。在那里，他们可以看见大片森林，延伸到冰雪覆盖着的岩石和巍峨的大山峭壁处。

一直懒洋洋地飘落着的雪突然停了。汤姆奇怪地向外看去。不一会儿，传来了一阵巨响，仿佛某个巨人的手指正在咚咚地敲打着主舱的顶部。

"那是什么？"尼德惊叫。

"可怜的雨伞！发生什么事了？"戴蒙先生问。

"是冰雹！"汤姆喊道，"我们遇到冰雹袭击了。看看那些冰雹，就和鸡蛋一样大！"

驾驶舱的前面有一小块开放的平台，汤姆可以看到密集的冰雹不断地落在木质平台上，咚咚作响。

"冰雹！可怜的套鞋！"戴蒙先生叫道。

帕克先生呼应着："我早预料到我们会遇上一场的，而且冰雹粒还会变得比这更大！"

"有危险吗？"尼德问。

"肯定有。"汤姆答道，"那些结冰的颗粒很有可能会砸裂气囊。"他突然停了下来，看着挂在驾驶舱墙上的气囊压力计。

"气囊的一个隔舱已经裂开了!"汤姆叫道,"浮力气体正在溢出!整个气囊可能也会很快裂开!"

急速落下的冰雹还在增加。暴风雪的咆哮声、冰球的碰撞声及风的呼啸声让这些探险者心中充满恐惧。

"怎么办?"尼德大声问道。

"我们必须往上飞,超过暴风雪的高度,或者降下去找一个遮蔽处!"汤姆回答,"我先试试能不能把飞艇飞到云层上面去!"

他加快了引擎运转的速度,以便在螺旋桨和机翼的帮助下提高飞行高度,与此同时,气体制造机也在拼命工作,把更多的浮力气体注入巨大的气囊中。

第十三章

惊恐的因纽特人

狂怒的暴风雪、撞击在机舱上砰砰作响的冰雹和向上爬升时摇摇晃晃的机舱，众多的危险汇集在一起，让"红云号"上的乘客完全陷入了恐慌之中。

"可怜的生命！"戴蒙先生喊道，"这就和那场把我们吹到地震岛上的飓风一样糟糕。"

"我敢肯定这场暴风雪会比那场飓风更糟糕，这只是可怕的灾难来临的前兆！"帕克先生说。

"我担心这样的前兆已经足以让我们完蛋了。"阿比接着说，他看了看机舱四周，试图找到一个出口逃生。

汤姆看上去却没有丝毫的紧张。他从容不迫地站在自己的位置上，不断调整机翼的倾斜度，时不时扳动升降舵，眼睛时刻注意着气体制造机的压力表。

"没事儿，"汤姆轻松地说，不过他的心里可没有那么轻松，"我们正在慢慢地爬升。你可以去看看能否让气体制造机运转得更好些，戴蒙先生。因为气囊的泄漏，我们损失了一部分浮力气体，不过我们可以快速制造出这些气体，比泄露速度更快。所以我想我们会没事的。"

"帕克先生，你能给主引擎加点润滑油吗？润滑剂的注入口有个明显的标记，你很容易就能看到。尼德，你去帮帮他。阿比，你能到这里来吗？给我搭把手,狂风让方向舵难以拧动。"

除了给处于惊恐中的朋友找点事情做以便让他们忘掉烦恼以外，汤姆也没有更好的选择了。大家迅速去完成汤姆下达的任务。几分钟后，大家的情绪都稳定下来了。

但是"红云号"并没有脱离危险，暴风雪变得更加猛烈了，冰雹的数量看起来也增加了一倍。飞艇在被迫爬升的过程中，气囊显得越来越脆弱。飞艇上升的速度和冰雹落下的速度叠加在一起，使得机舱表层受到的撞击力更加强大。

汤姆焦急地看着高度计，"红云号"现在的飞行高度大约是4000米，而且还在缓慢爬升。气体制造机已经在全速运转，而飞艇的高度并没有上升多少。汤姆很快就意识到，气囊里有更多的气体泄漏了。

"我要让它再爬升300米，"汤姆坚定地说，"到时如果我们还不能飞到暴风雪上空，那么再爬升也就没有什么意义了。"

"为什么？"尼德问道。

"因为飞艇如果再继续爬升，在我们越过暴风雪之前，它早就被撕成碎片了。"

"但那不是一样糟糕吗？"戴蒙先生问道。

"不一定。有时候上层大气中出现的大雪或冰雹并不会降落到地面。你知道，冰雹的形成过程大致是这样的：对流层的空气螺旋式上升，在高空遇到冷空气后凝结成小水滴，水滴不断汇集并凝固，最终变成了体积较大的冰雹。当上升气流托不住这些质量巨大的冰雹时，它就会降落下去，而冰雹在降落过程中会不断融化，就像是洋葱一样一层一层地剥落，最终变得很小。"汤姆回答。

"说得没错。"正听汤姆讲话的帕克先生插了进来，"在降落过程中，冰雹有可能转化为危害性更小的雨滴。但即便是这样，我们所处的环境也不容乐观，要知道危险随时可能发生。"

此刻，风刮得更加猛烈了，冰雹也是同样的状况，炮弹般坠落的冰球大小几乎是之前的两倍。

"最好降下去。"尼德建议，"不然，我们就得等着掉下去。"

"我也觉得应该降下去。"汤姆赞同道，"再升高已经没什么用了。事实上，在这样的风力压迫和气囊泄漏的情况下，把飞艇降下去更容易做到。准备，我们要下降了！"

在他说话的同时，他扳动了控制杆，拧了一下阀门。"红云号"立即向着地面俯冲。

"发生什么事了？为什么我感到失重了？"阿比突然从座椅上跳了起来，然后问道。

"我们在下降，就是这样。"汤姆冷静地回答，但是他的心里却一点也不轻松，他一直为自己和伙伴们的安全极度担忧。

"红云号"在暴风雪中不断下降。然而，如果这些探险者认为他们能够轻易逃离冰雹的连续击打的话，他们就大错特错了。冰雹的个头和数量似乎都在增加。气体制造机并没有被人为地关闭，但压力表却显示出气压的骤降。

"快看！"尼德指着气体制造机的压力表尖叫道。

"看到了，更多的气囊隔舱被击破了。"汤姆严肃地说。

"怎么办？"戴蒙先生问，此刻他已经完成了汤姆分配给他的任务，"可怜的手帕！我们能做点什么呢？"

"要是我们降落到地表时暴风雪还没停下的话，我们就找个遮蔽处。"汤姆回答。

"遮蔽处？什么样的遮蔽处？这个荒无人烟的地方可没有飞艇库。"

"或许我能把飞艇停在某个悬空的峭壁下面，"汤姆回答，"那样就能遮挡住冰雹了。"

汤姆和尼德站在驾驶舱，凝望着暴风雪，焦急地判断着飞艇的前进方向。

随着飞行高度的降低，风速变得更加缓和了，但是冰雹却没有停止落下来。

突然，汤姆发出了一声尖叫。尼德焦急地看着他。接着，只听他说了一句："尼德，往前面看，然后告诉我你看见了什么。"

"我看到一个又大又黑的东西，"在一阵犹豫后，尼德回答，"天哪，那是个又大又黑的洞！"

"没错，"汤姆说，"但是我想确认一下，这到底是一个浅浅的洞穴，还是一条通往大山内部的通道。不管怎样，我就选它了。我打算让'红云号'在那里避一避暴风雪。"

"你能做到吗？洞口足够大吗？"

"很大。天哪，它比我家的飞艇库还要大！不过，更让我高兴的是它出现得很及时，否则气囊里的气体都要漏光了！"

几分钟以后，飞艇已经停在了这个巨大的洞穴里。进入洞穴轻易得就像进入汤姆家院子里休息一般。洞穴的顶部离飞艇的顶部很高，他们终于摆脱了危险的暴风雪。冰雹的砰砰撞击声终于消失了。

"可怜的鞋带！真是太幸运啦！"戴蒙先生感叹。他打开了舱门，看着他们现在栖身的洞穴。由于入口处很宽阔，洞穴还是很明亮的，但是越往里光线就越暗。

"是啊，幸好我们及时发现了这样一个避难所。"汤姆赞同道，"现在，让我们看看这是个什么样的地方，我想深入探索一下。"

"说不定会遇到山崩，或者头顶上的石头掉下来。"帕克先生反对他这么做。

"噢，亲爱的帕克！请你让人说点稍微高兴的话吧。"戴蒙先生恳求道。

探险者们陆续从机舱里走了出来，除了汤姆以外，所有人都好奇地看着洞穴的内部。汤姆的第一想法就是检查自己的飞艇。他看了看气囊，发现上面有很多破洞。

"希望我们还能修复这些破洞。"汤姆想着，但他并没多少把握。

就在这时，其他人的注意力突然被某个东西吸引住了，黑暗的洞穴深处似乎传来了一声令人害怕的嚎叫，叫声在洞穴中久久地回荡。接着，一个黑色的影子出现在他们眼前。

"注意！那是头熊！"戴蒙先生喊叫道，"一头熊！"

"是因纽特人！"阿比喊道，"他在拼命地奔跑！他要跑出去了！"

他们顺着洞穴有亮光的入口处看过去，那个因纽特人快速奔跑着，跳跃着，冲进了暴风雪中。

"一个因纽特人。"汤姆喊道，"洞穴里有因纽特人！如果出现了一个因纽特人，那里面肯定还会有更多。我想我们最好拿上枪，他们有可能袭击我们！"接着，他快速返回机舱里，尼德和其他人也跟着进去了。

第十四章

竞争者的飞机

武装好以后，探险者们再次进入洞穴进行探索。但是他们很快就解除了警报，因为没有迹象表明那里还有更多的因纽特人。

"或许那是个落单的因纽特人吧，他在这里躲避暴风雪。"阿比说。

"我们已经到达阿拉斯加附近了吗？怎么会有因纽特人？"尼德问。

"是的，这里有很多因纽特人。"阿比答道，"在前往黄金谷的途中，我们会看到更多的因纽特人。"

"好吧，如果我们不需要防备因纽特人的袭击的话，我想我们可以检查一下飞艇。"汤姆提议道。

"但是这里太黑了，很多东西看不见。"尼德反对道。

然而，这个问题很快就被解决了——汤姆开启了发电机，并拿出一盏在"红云号"上使用的便携式探照灯。在这架飞艇上，气囊是他们唯一担心的装置，因为冰雹并不能破坏飞艇的铁制或木质结构。整个巨大的气囊是由很多个独立的隔舱构成的，在这样的构造下，即便有几个隔舱出现破洞也不会造成所有气体泄露。所以，事实上气囊是可以修补好的，但是这是一项十分艰难的工作。

"唉，可怜的'红云号'现在是伤痕累累，"汤姆用灯光照射着气囊说，"幸好我带了很多工具和一些黏合剂。我认为，我们可以修补好这些破洞。不过，这需要花上好几天时间。目前来看，我们的最佳选择是待在这个洞穴，直到我们能够继续出发。"

"除非那些因纽特人赶我们走。"阿比小声嘀咕。

"为什么？你认为有这种可能吗？"汤姆问。

"事实上，大部分因纽特人可没那么友好，"阿比答道，"刚刚从洞穴跑走的因纽特人肯定会告诉其他人，巨大的'幽灵'飞进了这个洞穴，然后在暴风雪停下后，他们就会聚集到这里。我的经验告诉我，这些因纽特人可不好相处。他们不害怕任何妖魔鬼怪，而且他们很快会发现我们是人类。到时候……到时候再看吧。"

"是的，先不考虑那么远，我们是不是该吃点东西？"戴蒙先生提议，"可怜的刀叉！这场暴风雪增加了我的胃口。"

事实上，没有什么事情会影响戴蒙先生的好胃口，汤姆想到这里不禁一笑。但是吃饭的主意提得相当及时，很快这个业余的厨师就在飞艇的厨房里忙活起来。不一会儿，厨房里飘出了诱人的香气。几个电灯也亮了起来，探险者们很快把这个保护"红云号"的洞穴变成了一个舒适的居住场所。汤姆完成了对飞艇的检查，他欣慰地发现，尽管有很多破洞，但是没有一个是大洞，而且这些破洞都能很快地修好。

吃完饭后，阿比出去看了看洞穴外的情况后说："我们已经越过了阿拉斯加的边境，几天过后我们就能到达雪山群和黄金谷了。"阿比说。

"不讨，我们能取得这样的前进速度很大程度上依赖于这场暴风雪。"汤姆说，"狂风以一种恐怖的速度吹着我们前进。但是，就算没有风的帮助，我想我们也要很快到达雪山群和黄金谷。"

"为什么？有那么着急吗？"尼德问。

"谁也说不准佛格父子会在什么时候出现。"汤姆低声回答，"现在，我们必须尽快修理好飞艇的破损部位。"

此时，冰雹已经停止。随着云层慢慢散开，洞穴变得更加明亮了，他和他的同伴开始修补已经破损的气囊。

这一天中剩下的所有时间里，他们都在为此忙碌。第二天一大早，他们再次开始了工作，修补工作取得了巨大进展。

"两天内我们就能再次出发。"汤姆说，"我想让修补处的黏合剂有足够的时间变干。"

"那么我就有时间出去走走，做些科学观测了，对吗？"帕克先生问，"我认为这是个古老的洞穴。在里面，我很可能发现海冰的痕迹，从而证明冰川曾经南移过。"

"希望你发现不了什么东西。"尼德小声对汤姆嘀咕。

天气很寒冷，但是在洞穴里却很难感受到这一点。一方面探险者们穿得很暖和，另一方面他们时不时就会回到温暖惬意的机舱内取暖。

在他们栖身于洞穴的第三天，给气囊打补丁的工作已经接近了尾声。汤姆正站在临时搭建的平台上，这时他突然听到一些声响。

"他们来了！他们来了！"一个声音尖叫道。汤姆往下看去，看见极度恐慌的帕克先生跑进洞穴。

"什么来了？"汤姆问，"冰山吗？"

"不是，是那些因纽特人！"科学家咆哮着，"整个部落的人都往这里冲来了！"

"我也看到了！"阿比喊道，"我的枪在哪里？"说着，他冲进了机舱里。

汤姆从平台上爬了下来。

"准备好战斗！"汤姆大喊道，"尼德，你在哪儿？"

"我在这里呢。我们最好到洞口守卫，在那里把他们赶跑。"

"是的，我和你想的一样。我们最好封锁住洞口。不过，这个洞口实在是太宽了，如果他们硬闯，很可能冲进洞里来。但是我们要尽最大努力保卫这个临时住所。"

探险者们都已经全副武装，就连帕克先生也拿着一件武器。尽管汤姆现在处于高度戒备的状态，但他还是注意到帕克先生在很好奇地摆弄着他手中的枪。很显然，他并不想知道这把枪如何使用，而是更好奇这枪是怎么做成的，以及它的使用原理是什么。

"如果真的打起来了，你只需要对准那些因纽特人，扣下扳机就行。"汤姆解释着，"这是把自动枪。"

"我明白了。"帕克先生答道，"真奇怪，我不知道它是这样使用的。"

"唉，要是我的电动步枪能够使用就好了！"汤姆叹了口气。此刻他来到了尼德身边。

"电动步枪？"

"对啊，我发明了一种很强大的新式武器，马上就要造好了，它就在飞艇里面。但是我现在还不能使用它。不过，有这些连发枪已经够用了。"

此时，他们已经站在了洞口处。往外一看，他们看见100多个因纽特人穿着动物皮毛，大步跨过被雪覆盖的平地，沿着一条从山脚下延伸过来的小路，朝着洞穴这边冲来。

"很明显他们是冲着我们来的。"阿比严肃地说，"准备战斗，朋友们！"

　　探险者们一字排开站在洞口处，手中握着枪支。在看到这些虽然很小却有着强大杀伤力的武器时，这些因纽特人犹豫了。他们手中拿的只是一些土制的猎枪，一些人手中拿着矛，其他人则是拿着弓箭，还有一小部分人拿着石头当武器。

　　那些因纽特人似乎在商量什么。接着，一个看起来像首领的人，把自己手中的枪递给了旁边的人，他把双手放在了头顶上。与此同时，他还挥舞起了一块曾经可能是白色的破布，走上前来。

　　"天哪！"汤姆惊叫，"那是面停战旗！我猜他是想和我们对话！"

　　"可怜的弹药！"戴蒙先生叫，"他们会说英语吗？"

　　"会一点点，"阿比答道，"我也能说一点他们的语言。我们最好看看他们想干什么。"

　　"我同意。"汤姆说。于是，阿比走上前去，这个因纽特人也跟着走上来，直到阿比提醒他停住。

　　"你做出了一个明智的选择，那就是走上前来。"阿比冷冷地说，"你们想要干什么？"

　　接着，阿比和那个因纽特人就开始用他们的语言交流。随着对话的进行，阿比看起来越来越放松，直到那个因纽特人发出命令式的声音。

　　"不，不可以！想都别想！"阿比抱怨着，"如果你们那么做，我们就什么也没有了。"

"怎么了，他想要什么？"汤姆低声地问。

"这些因纽特人学会讨价还价了，"阿比答道，"他说他们的一个成员在暴风雪来临时曾躲在这个洞穴里，然后他看见了一个大'幽灵'飞了进来，还有人坐在'幽灵'的背上。现在，其他人也想来这里见见'幽灵'。他们知道我们是白种人，他们总是想得到白种人拥有的东西。"

"这个人是个酋长，他说我们占领了他们的洞穴。他说他不想引起任何麻烦，我们可以在这里想待多久就待多久，但是我们必须给他和他的部族很多的食物，因为他们的粮食不多了。天哪！如果答应，他们会把我们吃穷的！"

"你打算怎么回答他们呢？"戴蒙先生问。

"我要告诉他们到外面吃野草去，或者直接拒绝他的要求，"阿比回答，"他们手中没有任何像样的武器，我们可以和他们周旋。此外，我们很快就要离开这儿了。对吗，汤姆？"

"是的，不过……"

"那就是了，我们没有必要做出让步，"阿比急急忙忙打断汤姆的话，"如果你给了他们半条面包，他们还会想要一整条，唯一的办法就是坚定立场。"

于是，阿比再次开始用因纽特人的语言同那些人交谈。阿比的话起初让因纽特人陷入了沉默，紧接着那些人就爆发出了愤怒的叫喊声，首领也做出了表示抗议的手势。

"好了，我不想继续和你们讨价还价，这个事情没得商量！"阿比说，"我们还没到达旅行目的地，因此不能放弃我们的补给。如果你们想要的话，就自己去狩猎，懒惰的乞丐！"

现在，因纽特人的态度已经由平和转向愤怒。首领把代表停战的旗子扔掉了，拿回了自己的枪。

"注意！我们有麻烦了！"汤姆叫道。

"没事儿，我们早就做好迎战准备了！"阿比冷静地说。

突然间那些因纽特人停了下来，他们抬起头向上看，指着头顶上的某个东西。接着，他们发出了惊恐的尖叫声。

"那是什么，另外一场暴风雪来了吗？"汤姆问。

"我们去看看。"尼德建议道。他和汤姆走到了洞口外面，这两个小伙子暂时不必担心那些因纽特人会伤害他们，因为那些因纽特人的注意力都被吸引到其他的东西上面去了。

不一会儿，汤姆和尼德就看清楚了在山洞的正上方，漂浮着一架巨大的飞机——体积和"红云号"差不多。汤姆和尼德几乎无法相信他们眼睛。它是从哪里来的？要到哪里去？

"是架三翼机！"尼德喃喃地说。

"三翼机！"汤姆重复着，"是的，是安迪的飞机！我们的竞争对手顺着我们走过的路跟上来了！"

他一直抬头望着这架继续向前飞行的三翼机，引擎的轰鸣声听得很清楚。那些因纽特人带着恐惧的咆哮声转身逃走了，竞争对手的飞机驱散了他们。

第十五章

竞 赛

　　当这架大型三翼机居高临下，从他们头顶上空飞过时，因纽特人既惊讶又惊恐。汤姆他们的惊讶程度一点也不比他们少，但是他们的惊讶和那些因纽特人的惊讶是不一样的。

　　"你真的认为那是安迪吗？"一直盯着三翼机的尼德问道。

　　"毫无疑问，"汤姆回答，"那架飞机正是安迪造的，但是我从来没想过他能有这么好的运气让它飞起来。"

　　"它的飞行速度不是很快。"尼德说。

　　"是的，但是它飞行得很稳定，对他们来说已经足够了。他们肯定是仓促地把它组装起来，然后急急忙忙就出发了。"

"是的，但是他们没我们飞得远，"尼德接着说，"他们是在锡特卡组装的飞机，我们则是从西雅图飞过来的。"

"可怜的备忘录！"戴蒙先生叫道，"佛格父子跟上来了！我们该怎么办呢？"

"咱们什么也不用干，"汤姆回答，"他们肯定看不见我们，我不相信他们能看见。先回到山洞里去，现在我们必须想办法赶在他们前面到达黄金谷，其间肯定会有一场竞赛。"

"好吧，但不管怎样，他们竟然无意中帮了我们一把，吓跑了那些麻烦的因纽特人。"阿比感叹道。

探险者们撤回到洞穴内部，但他们仍然可以看见安迪的飞机在空中慢慢地前进。那架飞机的前进速度根本没法和汤姆的飞艇相媲美，但是"安东尼号"（安迪以自己名字的别称光荣地命名了这架飞机）的引擎是否在全速运转，那就是另外一回事了。

看着"安东尼号"慢慢向前移动，探险者们开了一个简短的会议。

"他们肯定在找我们。"尼德说。

"好吧，我们明天就出发，争取赶上他们。"汤姆说，"明天这些补丁应该都黏合牢固了。"

他们继续调试和修补"红云号"。当天晚上，汤姆宣布他们可以在第二天一早就出发了。与此同时，安迪的飞机已经从他们的视线里消失了，因纽特人也没有再次出现。

"我觉得因纽特人不会回来了，"阿比冷静地说，"他们一定认为我们是幽灵，能够随时从空中召唤同类。不过，我们还是得提高警惕。"

因为帕克先生无法在修理飞艇的事情上提供帮助，所以他同意做一个守卫，在山洞的外面执勤。在山洞外面，他也可以继续他的"科学观测"，同时也能警惕因纽特人再次出现。阿比说，因纽特人不喜欢黑暗，因此他们不用担心会遭到夜间袭击。

天气变得更加寒冷了，探险者们在山洞里都能感觉到这股寒意。那天下午下了好几场大雪，冬天似乎在高调地宣布它的来临。由于太阳已经移到了南半球，白昼的时间变得很短，在更远的极地地区就是极夜了。

夜里，他们没有被因纽特人打扰，痛快地睡到第二天早上。然后，大家对飞艇进行了一番简单的检查后，汤姆宣布他们可以启程了。今天的天气很晴朗，但是仍旧十分冷，探险者们很高兴机舱为他们提供了温暖的庇护。

"红云号"被他们从洞穴中挪了出来，停放在一块平整的地方。这里没有足够的空间使用机翼和螺旋桨起飞，因此气囊就起了作用。气体制造机开始运转，很快这个安置在飞机顶部巨大的红色气囊就充满了浮力。看到气囊被修补得很好，没有出现任何泄漏，汤姆的心情很愉悦。

"红云号"开始快速向上爬升。在爬升到高耸的被冰雪覆盖的峭壁上空时，伴随着飕飕的轰鸣声，螺旋桨开始旋转。

"再次向北极地区前进！"汤姆坐在驾驶室内喊道。

"打败安迪！"尼德补充道。

整整一上午，"红云号"都在快速前进。他们在高空中享用了午餐。飞艇下面是一大片白色区域，白雪覆盖了好几米厚，峭壁被闪闪发光的冰层覆盖，就像漂浮在极地海洋上的大冰山。

"千万不要在这里失事。"尼德向下看去，颤抖着说，"不然我们永远也逃不出这片区域。阿比，下面有人居住吗？"

"有的，那里有一些散落的因纽特人部落。他们以狩猎和捕鱼为生，通过狗拉雪橇到处活动，但那是一种枯燥的生活。我和我的搭档以前在这一地区生活时，最想要的东西就是一架飞机！"

"我想知道安迪怎么样了。"到了下午，汤姆说，"我没有看见他，使用高倍望远镜也没有发现他的踪影。我相信，他不可能领先我们太多，但是我还是没法找到他。"

"不如这样做，"尼德建议，"把飞艇的飞行高度增加一些，这样我们的视野就更广阔，安迪肯定不会飞那么高。也许我们就能看见他了。"

汤姆扳动了升降舵，"红云号"立刻向上爬升，尼德透过高倍望远镜，扫视着下方的空间。半个小时里他没有一点收获。突然，在发出一声小小的惊讶后，他把望远镜递给了好友。

"你看看那是什么，"尼德说，"看起来像只大鸟。今天，我还没见过任何鸟类。"

　　汤姆透过望远镜认真地盯着看了好几分钟，然后尖叫道：

　　"那是安迪的飞机！他在我们前方！我们必须赶上他！尼德，你和戴蒙先生去给引擎加速！竞赛开始了！"

　　这架巨大的飞艇在空中全速追赶着对手。还没到 10 分钟，安迪的飞机就可以通过肉眼很清楚地看到了。15 分钟后，"红云号"几乎已经位于三翼机的正上方了。接着，"安东尼号"上的人似乎也看到了汤姆的飞艇，这些试图从汤姆身上偷走地图的卑鄙无耻的家伙突然也加快了飞机速度。

　　"竞赛开始了！"汤姆一边坚定地念叨着，一边把速度杆拉到另外一个刻度。

第十六章

"安东尼号"坠落

一场大型飞机和大型飞艇之间的较量开始了。

"不可否认，他制造出了一架性能很好的飞机。"看着对手的飞行状态，汤姆承认道，"我从来没想过安迪的飞机能飞起来。"

"这可不是他的功劳，"尼德说，"他雇用了最好的工匠来建造它。安迪、山姆和皮特只会帮一些小忙。"

后来，汤姆和尼德了解到，他们的猜测基本上正确，佛格先生聘请了一位专家来制造飞机，这位专家跟着佛格父子去了锡特卡，帮助他们重新组装了飞机。

"你认为他能打败我们吗？"尼德焦急地问。

"不可能！"汤姆很有自信，"世上只有一架速度能超越'红云号'的飞机，那就是我的单翼飞机'蝴蝶号'。我完全不担心安迪能坐着那架飞机一直跟着我们。我还没开始加速，而且从他飞行的状况来看，我敢肯定他的飞机已经达到了最高的速度。"

"那你为什么不超过他？"戴蒙先生问道，"可怜的卷尺！赢得竞赛的办法就是超过对手！"

"但是现在不适合用这样的方法。"汤姆严肃地说，"如果我现在飞到他的前面去，他就会跟着我们前进，那就是他的策略。"

"如果不超过他，那你打算做什么呢？"尼德问。

"在天黑以前，我准备一直紧紧地跟住他。"汤姆回答，"等到天黑的时候，我会加速朝前飞去。到了第二天早上，我们会把他远远甩开，他就再也追不上我们了。"

"好主意！就这么做！"阿比激动地说。

汤姆按照自己的计划飞行着，有时候飞得很高，高得几乎让人都找不见飞艇的踪影，有时又突然降下来，而这仅仅只是为了展示"红云号"的技能。

那些坐在"安东尼号"上的乘客，他们似乎很想提升速度，但是又很难做到。这架巨大而笨重的三翼机只能艰难地飞行着。

夜色终于来临，但是汤姆的计划却落空了。他原本计划晚上的时候加快飞艇飞行的速度，把安迪甩在身后，可是飞艇的主引擎似乎出了点问题，只能发挥出一半的功效。汤姆和尼德一起修理了近一个晚上也没什么效果，但是在黑暗的几个小时里，他们还可以从"安东尼号"机舱透出的昏暗灯光看见对手就在前方。很明显安迪的飞机也没有足够的速度摆脱"红云号"，要不然安迪肯定会得意地驾驶着自己的飞机在汤姆的周围盘旋。

安迪的飞机向西北方行进着，汤姆知道，如果一直沿着这个方向走，"安东尼号"很快就会到达黄金谷。很明显，安迪对他骗到手并复制下来的地图产生了些许的信任。

"一旦我把引擎调整到了最佳状态，我很快就会甩开他。"汤姆说。此时，已经是凌晨4点。他和尼德，在戴蒙先生的协助下，仍然在修理这台棘手的机器。

"你打算怎么做？"尼德问。

"现在实施我原来的计划已经太迟了。"汤姆接着说，"我们距离黄金谷已经很近了，我想赶在所有人之前抵达那里。因此，我打算让'红云号'加到最大马力，争取第一个到达黄金谷。如果法律规定我能取走九成财产的话，我一定会拿走这全部的九成。"

"说得没错！"阿比铿锵地说道，"我们一踏上那片土地就要保护好属于自己的那部分财产。"

汤姆修好引擎已经是早饭后的事了，经过整夜的努力，他们都很疲惫。因此，汤姆打算在飞艇全力加速前好好享用一顿美餐。在喝下一些热咖啡后，他感觉身体又恢复了活力。

"准备冲刺！"汤姆走进引擎室激昂地说道，"现在，我们不用管安迪了，我认为他不可能追得上我们！"

引擎发出的嗡嗡声不断增大，巨大的螺旋桨正以此前两倍的速度快速转动着。飞艇突然间就冲向了前方。

那些坐在"安东尼号"上的人肯定看到了"红云号"的变化，因为，就在汤姆的飞艇开始提速时，这些竞争对手很快也做出了反应，迅速向前冲去。

但是那架飞机根本不能和汤姆的飞艇相媲美。"红云号"和"安东尼号"的比赛就像赛车和马车之间的较量一样，"红云号"轻松地掠过了对手。为了取乐，汤姆把飞艇飞到安迪飞机前方几米的范围内。他这么做还有另外两个目的，他既想告诉安迪，自己一点也不怕他，另外他也想看看是谁坐在那架飞机上。

汤姆瞟到安迪和他的爸爸坐在"安东尼号"的机舱内，此外，他还看见几个正在疯狂操作机械的男人。

"他们正试着追上我们！"汤姆对尼德说。

很快，他们的操作就见效了，"红云号"领先没多久，对手就笨拙地跟了上来。"安东尼号"以一股爆发性的速度全速前进。这令汤姆惊恐不安，他担心自己低估了对手的实力。

尼德一直在驾驶室一侧的窗户旁观看身后安迪的飞机情

况。突然，他惊恐地高声叫了出来。

"出什么事了？"汤姆问道。

"飞机——安迪的飞机——两个主要的机翼散架了！"

汤姆立刻望过去，的确如此。"安东尼号"上的机械师努力让飞机加速时，飞机框架受到的压力过大，使两片机翼折断了，吊在机身两侧。"安东尼号"朝着冰雪覆盖的地面冲了下去。

"他们正在坠落！"帕克先生非常惊恐。

"是的。"汤姆冷酷地说，"就目前来看，竞赛结束了。"

"可怜的灵魂！他们会死吗？"戴蒙先生叫道。

"没什么大危险，"汤姆回答，"他们可以借助其他副机翼滑翔至地面，这也是他们此刻正在做的事情。"过了一会儿，看到那架飞机的飞行姿态后，他又补充道，"他们不会有危险，不过，我相信他们也到不了黄金谷！"

然而，汤姆很快就会明白，他的这个推断是错误的。

第十七章

撞上冰山

"红云号"继续向前飞行。在安迪的飞机失事后很长 段时间里，汤姆放缓了飞行速度。不过，在发现对手已经没有生命危险后，他又重新加快了速度。

戴蒙先生说："出于人道主义，我们最好还是停下来帮帮他们。你说呢，汤姆？"

"我不这样认为，"汤姆回答，"首先，他们根本不会因为我们做了这样的事而感激我们；其次，我可不认为他们需要帮助。现在，他们正在安全降落。"

"这附近有很多的土著居民，如果佛格他们需要食物或是帮助的话，他们可以付钱买到。哎，看在他们破损的飞机残骸的份上，某些好心的土著居民会把他们带回锡特卡，并且一路上会好好照料他们的。"

"那就好。"戴蒙先生很满意，他向后望去，看见"安东尼号"正缓缓地降落到地面上。它降落得很平稳，这证明了汤姆所言不假。汤姆和他的伙伴们看见安迪和他的爸爸离开了那架已经毁掉的飞机，开始沿着冰雪覆盖的大地冒险行进。在"红云号"消失之前，佛格父子一直嫉妒地盯着这架仍旧朝着目标前进的飞艇。

"我想安迪骗走的那幅地图再也用不上了。"汤姆沉思着，"现在，我们也可以放心地全速前进了。"与此同时，汤姆推动了控制杆，飞艇以很高的速度朝着黄金谷飞去。

这一天剩下的时间，探险者们都在急切地赶路。他们时而飞得很高，时而又在阿比的建议下飞得很低，以便观察地形特征。有时候，飞艇甚至离那些大山的顶端很近，几乎就要接触到被冰霜和冰雪覆盖的山。

他们确实飞翔在一个荒无人烟的地区。飞艇下方是一片无限延伸的冰雪之地——大片森林中点缀着一些光秃秃的土地。与此同时，飞艇还会时不时飞越一些结了冰的湖泊。

有一次，他们瞥见了一群身着毛皮的因纽特人正在狩猎。那些因纽特人在听到引擎发出的巨大噪音后，立即抬起头来向上看。对他们来说，这架飞艇就像某些超自然的物体，他们匍匐着拜倒在地，既惊讶又恐惧。

"对于这里的人来说，飞艇确实是个新奇的东西。"阿比笑着说。

现在，天气已经很冷了，这些探险者不得不把仓库里厚重的毛皮外套拿出来穿上。虽然飞艇机舱内很暖和，但是有时候，他们也会想到机舱外的开放平台上呼吸点新鲜空气，或者对机翼做点调整。然而，飞行高度越高，温度就越低[1]，尽管他们有御寒装备，但在飞行过程中，舱外冰冷的空气仍然可以穿透最厚的衣物。

一天之后，他们发现已经进入了阿拉斯加更加荒凉的地区。这里几乎没有人生活的迹象，冰雪覆盖得如此之厚，就算经过整个夏天的阳光照射也很难使其融化。飞艇越往北飞，白昼的时间也就变得越短。

"阿比，你觉得我们能找到雪山群吗？"在安迪的飞机出事后的第三天，汤姆问道，"我们把地图拿出来再看一看吧。现在，我们肯定已经很接近那个地方了。"

汤姆走进了他的私人舱，他之前把这份珍贵的图纸存放在一张书桌里。不一会儿，艇舱里就传来了翻箱倒柜的声音。尼德听见汤姆很不耐烦地咕哝着说："我记得我把它放在这里的啊。"这时，只见汤姆走了出来，满脸的困惑和担忧。

---

[1] 科学表明，在对流层中，气温随高度升高而降低，平均每上升 100 米，气温约降低 0.65℃。这是由于对流层大气的主要热源是地面长波辐射，离地面越高，受热越少，气温就越低。——译者注

他问道："对了，阿比，我没有把那幅地图还给你吗？"

"没有啊。"阿比回答道，"在冰雹来袭之前我就没见到它了。"

"那也是我最后一次看到它。"汤姆继续说，"我记得，我把它放进我的书桌里了。我没有把它给你吧，尼德？"

"我？没有，我没有看见它。"

"那就奇怪了。"汤姆接着说，"我会再检查一遍，也许它被压在某些纸张的下面了。"

他们再次听到汤姆四下搜索的声音。

"可怜的存折！"戴蒙先生感叹，"希望地图没被弄丢。没有地图我们不可能找到黄金谷。"

汤姆再一次返回后绝望地说："我找不到它了。"

随后，大家进行了一次疯狂的搜索。飞艇上每一个可能的地方都被仔细检查过了，但是那份珍贵的地图却没能被找到。

"或许是佛格父子拿走了它。"帕克先生说。

"不可能。"汤姆说，"在我最后一次看到地图的时候，他们都没能靠近我们呢。我最后一次看到地图的时候就是在冰雹来袭前，我正在紧张地修理飞艇，我忘记把它放在哪里了。"

"也许它被落在了那个大山洞里。"尼德说。

"有可能。"汤姆承认，"天哪！我真是太粗心大意了！"

"如果你认为地图在那个山洞里的话，我们最好是回到那里去找一下。"戴蒙先生建议，"否则我们只能像无头苍蝇一样乱飞。"

"不要返回！"阿比大叫着，"现在，我们已经飞了这么远，没有那份地图我们也能找到黄金谷。我还能记得地图上的一些标记。此刻，我们已经快到了，因为我看见了一些熟悉的地标。还是继续前行吧！我们可以在附近盘旋，直到找到正确的位置。此外，如果返回的话，安迪那伙人很可能会赶在我们前面！"

"用他们那架坏掉的飞机吗？"尼德问。

"他们不能修好它吗？"阿比反驳道。

"在这个荒凉的地方很难，"汤姆无比淡定，"但是也不一定，说不准飞机稍微修理一下就可以继续飞行。我对地图上标记的距离和方向也有一些模糊的记忆，尽管照这样的方法找出黄金谷会花掉更多的时间，但是我认为我们可以做到。我不能原谅自己的粗心大意！我应该保存一份地图的复制品，或者是给你们每人一份。"

大家都安慰着汤姆。

"我们还是有希望的，"阿比说，"至少我们可以在空中搜索，而不是在地面勘察。"

黄昏时分，寻找地图无果而终，他们坐在机舱内商量对策，"红云号"在自动模式下飞行着。

"好吧，我想该吃晚饭了，"戴蒙先生提议，在他看来，吃饭似乎是排解烦恼的唯一办法，"可怜的甜品！我真的饿了！"

他开始朝厨房走去，这时汤姆也向驾驶舱走去。可还没等戴蒙先生走到厨房，就响起了一阵剧烈的碰撞声，飞艇好像被巨人的手往后推了一把。大家都摔倒在地，刚刚打开的电灯也突然熄灭了。

"发生什么事情了？"尼德叫道。

"我们撞到什么东西了吗？"戴蒙先生问道。

"我们的确撞到了！"汤姆大声喊道，"我们撞到冰山了！"

就在他说话的同时，所有的机器因为这次猛烈的撞击停止了运转，飞艇开始缓慢地向地面坠落。

第十八章

遭遇麝香牛

　　"汤姆，需要我做些什么吗？"尼德冲到汤姆身边问道。此时，汤姆正在操纵各种不同的控制杆和阀门。

　　"等一下！"汤姆喊道，"我要启用备用电池，这样能帮我们获得一些亮光，然后我们就知道该做什么了。"很快，整个机舱都被照亮了，飞艇上的乘客都感觉轻松了点。但是"红云号"仍然在继续下坠。

　　"我们就不能做点什么吗？"尼德尖声叫道，"重新启动螺旋桨，汤姆！"

　　"不，我打算往气囊里注入更多气体。因为探照灯已经没法使用了，我看不见我们所处的位置。我们可能在大片冰山的中间，而且我们飞得太低了，不敢水平移动。去打开气体制造机吧。"

尼德迅速跑向气体制造机。巨大的气囊里一旦充满气体，飞艇就能够轻轻地降落在地面上，就像借助螺旋桨和机翼降落一样。

过了一会儿，飞艇停止了急速坠落，缓慢地朝地面降落。伴随着一声微小的碰撞声，飞艇稳稳地落在了地面。但是这里的地势很不平整，机舱以一个令人不舒服的角度倾斜着。

"可怜的地窖！"戴蒙先生叫道，"我们几乎踩在了对方的脑袋上！"

"总比根本站不起来要好吧。"汤姆冷静地回答，"现在去看看飞艇受到了什么样的损伤。"

他从机舱的前门爬了出来，由于飞艇的倾斜程度，这可不是件容易的事情，其他人也费力地跟着汤姆爬了出来。天太黑了，他们也看不清飞艇受到了多大的破坏，汤姆看到仅是机舱前部的平台受到了撞击，木制的板材已经断裂，但是裂口延伸了多长只有等白天才能确定，探照灯的线路也因撞击而断掉了。

"我得检查一下机器的状况。"在绕着飞艇走了一圈后，汤姆自言自语道，"比起外部情况我更加担心机器内部。"

不过，让他高兴的是，发动机只是出现了一点点问题，正是这点问题导致熄火，使得发电机也不再工作。

"我们可以很快地修好它。"汤姆称。

"可怜的咖啡勺！"戴蒙先生抱怨道，"这是怎么发生的？"

"我们飞得太低了。"汤姆说，"我忘记我们可能在任何时候撞上山峰顶部。我们肯定是斜着撞上了冰山，否则结果会比现在更糟糕。还好我们能够应对当前发生的一切。"

"今晚我们什么也不能做。"尼德说。

"只能吃点东西，"戴蒙先生说，"所有的东西都被摔得七零八落，机舱里都分不清地板和墙壁，我都快晕过去了！"

但是在做饭的过程中戴蒙先生就慢慢适应了。尽管晚餐是在极其困难的情况下准备的，但最终还是准备好了。

第二天一大早，汤姆就起来了。他对飞艇进行了一番检查。他发现，只要引擎的状态良好，就算机舱前的平台没有修理，他们也能继续前进。不过考虑到飞艇上有一些多余的木板，他们决定先简单修复一下破损的平台。

尽管穿着厚厚的外套，在室外工作还是十分寒冷。劳动一段时间后，他们的手指头几乎被冻僵了，很不灵活。尼德突然有了一个主意，在飞艇停靠点附近有一些枯死的树枝，他很快就生起了一堆火。

"好主意！"在感觉到火焰的温暖后，汤姆说，"现在，我们可以更好地工作了！"

"红云号"倾斜着停在一块高低不平的、粗糙的地面上，两边都是高高耸立的大山，特别是他们撞上的那个山峰，有近

4600 米高。

"你觉得我们现在离黄金谷远不远？"那天下午，在修复工作快要完成的时候，戴蒙先生问。

"应该不远。"阿比说，"我和我的搭档上次去那里时，也穿过了这样一个地方。我觉得，我们离黄金谷已经不到160 千米了。"

"那么我们很快就能抵达那里，"汤姆说，"我们明天早上就出发。本来今天晚上也可以出发的，但是我还想对引擎做一些调整。此外，我们处在高大的群山之中，我想在日光下航行会更加安全，或者至少是在探照灯的照射下航行——我之前为什么没想到这一点。"

"那么，如果你不打算立刻起航的话，"帕克先生说，"我想我会在周围稍微走一走，然后做一些观测。我觉得，我们现在处于冰川移动地区了。我想证实一下，看看它是否正在向南部推进。即使现在没有，它也会很快这么发展下去，冰雪甚至有可能覆盖到纽约地区。"

"愿你梦想成真。"汤姆喃喃道，接着他大声说，"好吧，帕克先生，如果你要到处走走的话，我们愿意和你一块去。我正好想活动活动我的双腿。那些还没做完的工作，可以留着明天早上完成。"

戴蒙先生说，他不喜欢在冰雪覆盖的地上行走，只愿意留在温暖的机舱里面。于是，汤姆、尼德、阿比和帕克先生出发了。帕克先生摆出了他认为即将要发生的冰川移动的证据，而阿比则给他们讲述了附近的因纽特人是如何狩猎和捕鱼的，以及他们怎样建造冰房。

"我们正在接近北极圈。"阿比说，"我们很快会置身于因纽特人最残暴的部落之中了。"

"这周围有可狩猎的动物吗？"尼德问。

"有，有很多麝香牛①。"阿比回答。

"真希望我现在带着自己的枪，而且可以看到一只这种大野兽。"尼德接着说。他不安地环顾四周，但是什么也没看到。在冰面上走了一段距离后，大家都觉得自己看够了这些沉闷的景色，决定返回飞艇。

就在他们接近飞艇的时候，汤姆看见几个巨大的、毛发长长的物体一字排开站在他们此前走过的路上，挡在他们和"红云号"之间。

"那些是什么东西？"汤姆问。

"好像是黑色的石头。"尼德说。

"石头？"阿比叫道，"注意，年轻人，那些是麝香牛，而且是体型庞大的麝香牛！怎么这么多！快到飞艇那里去！如果它们发动攻击，我们就死定了！"

帕克先生和两个年轻人立即朝飞艇跑过去，打算冲过这些

---

① 麝香牛又称为麝牛，主要分布于北美洲北部、格陵兰、北极群岛等气候严寒的地区。——译者注

毛发浓厚的动物。

就在他们加快步伐后，那些麝香牛愤怒地哼了一声，冲上前来。这些动物可能觉得这四个人要攻击它们。

"它们来了！"尼德尖叫道。

"躲开它，全力冲过去！"汤姆号叫着。

"噢，要是我的枪在手上就好了！"阿比抱怨着。

在冰雪地上奔跑是一件比较困难的事情，同样阻碍他们行动的还有身上厚重的毛皮外套。此时，他们已经接近飞艇了，但是那些凶残的生物还挡在他们和飞艇之间。

"从旁边绕过去！"汤姆大喊道。他们改变了前进的方向，但是这些麝香牛同样也调整了它们的攻击角度。它们发出了响亮的愤怒的叫声，晃动着毛茸茸的头和巨大的犄角。它们的毛发从侧面垂下来，拖在雪地里。

"对着它们跑！边跑边大叫！"汤姆建议道，"或许可以吓住它们！"

大家遵从了他的建议。四个人像因纽特人一样号叫着，直直地朝牛群冲了过去。一瞬间，这群动物停了下来，但不一会儿，它们又发出了更响亮的嚎叫声，并开始向前冲。

其中最大的那一头牛突然转弯，冲向了帕克先生。几秒钟后，这位科学家被高高地抛向空中，然后摔在了雪堆里。

"戴蒙先生！戴蒙先生！"汤姆疯狂地叫喊着，"拿枪来，朝这些家伙开枪！"

汤姆和另外两个同伴停了下来,牛群同样也立刻停了下来。戴蒙先生突然出现在飞艇的平台上,手里拿着两把来复枪。他放下其中一把枪,举起另一把,对准把帕克先生撞飞的那头麝香牛。戴蒙先生开枪了,他打中了这头牛的侧腹。随着一声愤怒的嚎叫,那头牛立即调转了方向。

"机会来了!"汤姆叫道,"冲到飞艇那里去,我要拿我的电动步枪!"

此时帕克先生也爬了起来,并立即朝"红云号"跑去,看起来他并没有受什么伤。戴蒙先生又开了一枪,击中了另一头牛,但是这一枪并未致命。

这些毛茸茸的动物正准备再一次发动进攻,但是探险者们已经到达了飞艇所在的地方。戴蒙先生站在飞艇的平台上,以最快的速度上膛并扣动扳机。

第十九章

冰　洞

"继续射击！顶住它们，我去拿我的电动步枪来对付它们！"汤姆冲上去高声叫道，"继续射击，戴蒙先生！"

"可怜的弹夹！我知道！"戴蒙先生兴奋地喊道，"我会打光来复枪里所有的子弹！"

没过多久，大家都爬上了飞艇，只剩下帕克先生还在冰雪地上跌跌撞撞地跑着，麝香牛群再次围了上来，同时发出响亮的嚎叫声。

"它们准备冲撞飞艇！它们冲过来了！"尼德大叫。

"我想我能阻止它们！"汤姆说。不一会儿，他手中拿着一把样子很奇怪的枪走了出来。

"这是个什么样的武器呢？"阿比说，他刚刚帮助帕克先生登上了飞艇。

"这是我新发明的电动步枪。"汤姆回答。

汤姆把枪扛在肩上，把枪口对准了领头的麝香牛。他轻轻地扣下了扳机，没有爆炸声，没有冒烟，也没有火光，但是那头朝着飞艇冲过来的大家伙却突然停住了，摇晃了一会儿，倒在了雪地上，垂死挣扎着。

"打倒一个了！"汤姆大叫。

他又把目标对准另一头牛，那家伙停在那里不动。戴蒙先生已经打光了他的弹药，因此停止了射击，但是阿比已经准备好了他的来复枪，朝着那群野兽开了一枪，汤姆用他的电动步枪又射杀了一头牛。他们的这一系列举动很快就阻止了牛群的前进，而且很及时，因为冲在最前面的牛群已经非常接近飞艇了，一旦它们撞上脆弱的机舱，造成的破坏可能是无法修补的。

"来了个大家伙！"汤姆叫着，对着牛群中最大的那头扣下了扳机。那家伙倒在地上，死了。其余的牛在惊恐之下，转过身子逃跑了。

"哈哈！干得漂亮！"尼德来到平台上，他刚刚到机舱内取出了他的来复枪。在麝香牛群从他们的视野中消失之前，他也杀死了一头。

"真幸运，我们把它们赶跑了。"阿比说，"有时候，它们非常凶残，普通的武器根本奈何不了它们。我想知道，汤姆，你拿的是什么枪？"

"噢，这种枪发射的是电子脉冲弹。"汤姆回答，"不过，我现在没时间向你解释它的工作原理。我们出去选一头牛剥了吧，那些新鲜的肉一定很美味。离开西雅图以后，我们一直以罐头食品为生。快动手吧，天黑前我们还有足够的时间。"

他们急忙奔向那些倒在雪地里的毛茸茸的动物。很快，他们就得到了可以享用很长一段时间的新鲜牛肉。在严寒的天气下，肉类可以保存得很好。汤姆简单地向他的伙伴们介绍了枪的结构。

夜晚，大家坐在舒适的机舱里谈论一天的冒险经历。

"我还没有完成对移动冰川的观测呢。"帕克先生说，"我希望明天还有时间再去周围转转。"

"我们明天早上很早就会离开。"汤姆说。

"而且，我觉得再到周围去逛也不安全。"戴蒙先生说，"可怜的火药！我看到那些冲向你们的凶残动物的时候，我以为我们完蛋了。帕克，我亲爱的朋友，你受伤了吗？之前我都忘记问你了。"

"一点儿也没受伤。"帕克先生回答，"厚重的毛皮外套把我从那些野兽的犄角下救了下来，而且我还掉进了松软的雪堆中间。"

第二天早晨，探险者们又开始了新的征程。"红云号"现在惬意地飞在高空中，以避免撞上那些高耸的山顶。天空很晴朗，气温却很低。坐在驾驶室里的汤姆可以看见前方远处的景色。

"我们靠近黄金谷了吗？"戴蒙先生问。

"应该就在这片区域内。"阿比说，"我想我们的路线是正确的，我认出了更多的地标。快看前面，是不是又有一场冰雹朝这个方向袭来了，汤姆？"

汤姆朝阿比所指的方向看去。空中有一层薄雾，大家又开始变得焦虑不安。几分钟过后，空中刮起了猛烈的大风，并夹着雪花。但是没过多久，大家的呼吸都变得轻松起来。因为尽管雪很大，但是对飞艇没有任何威胁。此时，汤姆按照指南针指示的方向操控着飞艇。

风雪持续了好几个小时。当雪停下来的时候，探险者们发现他们距离目的地只有几千米远了。

接着，阿比宣布他们即将进入黄金谷所在的区域。他们在空中巡视了两天，通过高倍望远镜观察下面，但是没有任何收获。尽管如此，他们却并不沮丧，他们相信阿比曾经就是在这附近拿到的金子。有时候，他们飞过因纽特人的村庄，那些穿着动物皮毛的当地人全部都冲出来，看着这架越过他们头顶的奇怪的东西。

所有人都斗志昂扬。戴蒙先生用那些新鲜的麝香牛肉变着花样烹饪美味佳肴。同凶残的麝香牛大战已经过去一个星期了，一天，尼德正在驾驶室里值班，他无意间朝下面看了一眼，立即大喊了出来。

"发生什么事了？"小发明家迅速冲进驾驶室问道。

"快往下看。"尼德指着一个地方说，"我们好像航行在巨大的蜂巢上。"

汤姆顺着他指的方向看去，下面是一些数不清的、圆圆的小冰丘。有些冰丘很大，大得可以装下一个热气球，有些小得就跟因纽特人居住的小冰屋一样。

"太奇怪了。"汤姆说，"我想——"

汤姆还没说完话，阿比就走过来站在了他的身边，并惊叫出来："冰洞！冰洞！现在我知道我们在哪里了！我们已经接近黄金谷了！那些是冰洞，我们要找的地方就在那下面！我们终于找到它了！"

第二十章

在黄金谷里

阿比激动的叫喊声立即把戴蒙先生和帕克先生都吸引到驾驶室。

"我们已经到了冰洞上方,"阿比解释着,"这意味着黄金谷近在咫尺了。"

"好吧,我们要在这里降落。"汤姆说。他拉动了控制杆,释放了气囊里的一部分气体,然后控制升降舵,使飞艇朝那些奇怪的洞穴降下去。

飞艇降落后,他们走出了机舱,个个脸上都充满好奇。天气很寒冷,到处都是坚固的冰块。走在冰块上就像踩着一层平平整整的地板,只是洞穴的顶部会稍微隆起。至于那些比较大的洞穴，它们也是由隆起的冰块构成的。很明显这里曾经是一片平坦的水域，后来由于自然因素，水面出现了很多气泡，有大有小，各不一致。因为气候的变化，整片水域很快就被冻成了冰块，那些气泡也变成了中空的半球体，就像倒扣在地面的"巨碗"。随着时间的推移，"巨碗"的部分侧面塌陷了进去，形成了开口处，于是人们就能通过这些开口进入洞穴了。

根据冰洞的形成原理，帕克先生推导出另一套理论，但是没有人有兴趣听他解释。他们吃惊地观察着这些大大小小的冰洞。

这里似乎是一个神奇的童话世界，大冰洞就和房子一样，圆圆的洞顶很像因纽特人的圆顶建筑。有的洞穴没有入口，外表也没有任何破损；有的洞穴只有很小的入口，就像小门一样；还有一些洞穴只剩下一点点残留的痕迹，某种自然力量把它们压塌并破坏掉了。

"太美妙了！"帕克先生大喊，"这一切和我预测的一样！现在，我要看看冰川的移动速度有多快。"

"你打算怎么做呢？"汤姆问。

"在这片冰面上做一个标记，然后把远处的一个山顶作为参照物。我会在这里竖起一根棍子，通过计算棍子和参照物之间的相对位置，我就能知道这些冰面向南移动的速度有多快。"帕克先生急忙返回飞艇，拿出一根他早已准备好的削尖了的棍子。

"你觉得冰川移动的速度有多快？"尼德问。

"呃，也许是一年 0.5 米到 1 米。"

"一年 0.5 米到 1 米？"戴蒙先生大喊道，"帕克，我亲爱的朋友，照那样的速度移动，我应该看不到它到达纽约的那一天了。"

"噢，当然，除非你能活到 2000 岁。到那时，你就能看到冰川覆盖纽约。但无论等多久，我的理论一定会得到证实的。"

"哈哈！"阿比大笑道，"既然这种事不会在一瞬间就发生，那我就不用再担心什么了。之前，听他的语气，我还以为明年夏天就要发生呢。"

"我也是。"汤姆赞同道。但是帕克先生并没有时间向他们解释，他现在正忙着进行他的科学观测。此时汤姆和其他人则一起在冰洞间四处观察。

"其中一些冰洞大得可以装下'红云号'。我想，就算又一场冰雹来袭，我们也不用担心了。"汤姆说，"你们看那个大洞穴，它甚至可以装下两架大型飞艇。"事实上，如果洞口可以更大一点的话，三架飞艇都可以装得进去。

就在探险者们四处闲逛时，他们突然被一阵恐怖的坠落声吓了一跳。他们开始警觉起来，因为就在他们的左边，一个冰洞的顶部出现了坍塌，大小不一的冰块似乎在相互挤压和碰撞。

"还好我们没在那个洞里，"汤姆说。由于震惊和恐惧，他甚至都不能抑制住颤抖，"如果'红云号'停放在里面，它估计也被砸得不像样了。"

尽管这里有着天然的美丽景色，但仍然是一片荒无人烟的地方。当阳光照射在冰洞上时，美丽极了，冰洞闪闪发光，就像表面镶嵌着钻石似的。然而，这里既寒冷又寂静，看起来并没有任何人类生活的迹象。

此刻，帕克先生已经设置好了他的木棍，也挑选出一个参照物。他正在认真地进行自己的观测，并在笔记本上快速地记录一些数据。

"它移动的速度有多快，帕克？"戴蒙先生叫道。

"现在还说不准。"帕克先生回答，"在得出移动的速度前，我还需要更深入的观察。"

"那么，我们最好继续前进。"汤姆建议道。

"黄金谷就在那座山脊那边，我很肯定。"阿比说，"而且我们得快点到达那里。安迪那伙人可能已经修好了他们的飞机。"

"我觉得可能性不大。"尼德说。

"不管怎样，我们应该再次升空，然后看看我们能找到什么。"汤姆说完，便转身返回飞艇。

他们找到了阿比所说的"山脊"，那是一片面积很大的高地，大约有 160 千米宽。现在正是飞越它的最佳时间。他们飞得很慢，因为阿比肯定黄金谷已经近在咫尺，他不想轻易错过任何山谷。帕克先生却不愿意离开那些冰洞，阿比告诉他他们要去的那个山谷里有更多的冰洞。

天色变得昏暗了。此时，汤姆正拿着望远镜进行观察，他兴奋地喊道："我们已经越过山脊了，另一面好像就是一个山谷。"

"就是那里！"阿比兴奋地大喊道，"飞慢点，汤姆。"

汤姆细心地将飞艇朝前开去。几分钟后，他们飞过了一个很大的因纽特人的村庄，那些穿着动物毛皮的居民疯狂地冲了出来，激动地看着飞艇大喊。

"就是他们！就是那些家伙！"阿比高声呼喊着，"他们就是把我和我的搭档赶走的那些人！黄金谷就在前面。"

"你确定就是这个地方？"戴蒙先生问。

"当然确定！"阿比说，"让飞艇降落，汤姆！降落！"

"好的。"汤姆答应道，他扳动了飞艇的升降舵，飞艇开始向山谷降落。高原的边缘，通往大洼地的地方，现在被欢呼雀跃的因纽特人挤得黑压压一片，他们疯狂地做着各种手势。

"他们从没见过以这种奇怪方式出现的人。"尼德说。

"是啊，希望他们不会攻击我们。"汤姆补充道。

"那里有冰洞！"帕克先生指着那些奇怪的、圆圆的、中空的冰丘叫道，"好多冰洞啊！"

"而且比我们之前看到的都要大！"戴蒙先生补充道。

飞艇正慢慢地朝地面移动，汤姆看到不远处有一个巨大的冰洞，而冰洞前方就是一片开阔的空地。

"我要在那里着陆。"他告诉尼德。

几分钟之后，飞艇终于着陆。汤姆关掉了电源，穿上毛皮外套迅速从驾驶室里跑了出来，在打开机舱舱门的一瞬间，冰冷刺骨的寒风扑面而来。在高原后面的山脊上，他看到了几个因纽特人。

"我们已经到山谷了。"汤姆很开心，他的朋友们也走到了他的身边。

"现在朝金子出发！"阿比高声叫嚷，"这里的金子足够满足我们所有人！来吧，我们一起去把它找出来！"

第二十一章

佛格父子抵达

　　尽管汤姆想努力保持冷静，但想到马上就要到手的东西，他还是抑制不住狂喜。然而，如果他们认为那些珍贵的黄金就躺在那里已经准备好，就等着被人拾起来的话，那他们就大错特错了。快速一瞥之后，他们发现，眼前仍然只是一片广阔的冰雪之地，中间还有一些巨大的冰洞。这里的冰洞数量没有他们先前降落的地方那么多，但是这里的冰洞容量要大得多。

　　"金子——我没看见任何金子，"尼德失望地说，"它在哪里？"

　　"可怜的记事本！对啊，它在哪里？"戴蒙先生询问着。

　　"哦，我们得挖出它们，"阿比说，"只有在那冰雪融化的地方，才能看见一些金块。它们都在冰层下面，我们得挖开才能找到它们。"

"这里曾经解冻过吗？"帕克先生问，"冰洞里的冰层看上去厚得似乎永远也不会融化。"

"有一些会解冻融化，"阿比接着说，"但是有一些冰洞在'夏天'里也会一直保持冰封的状态，尽管这里的'夏天'也像是冬天。"

"我打算立刻开始挖掘！"阿比说，他返回飞艇拿了一把铁铲和铁镐，这些工具是为此次旅行专门带过来的。其他人也照着阿比的做法开始行动，很快凿出的冰碴就像下雨一样从空中洒下，在阳光的照射下映射出一道道彩虹。

戴蒙先生同样也在用力地挥舞着铁镐，但是帕克先生则重新开始了他的观测。很明显，这些金子对他来说没有任何的吸引力。或者说，金子的确有吸引力，但他更愿意等到他的计算工作完成之后再开始挖金子。

探险者们极力挥舞着自己手中的工具，破碎的冰片漫天飞舞，但是一个多小时过去了，他们还是没有发现金子。戴蒙先生在一个地方浅浅地挖了几下后，很快就变得失望，然后移到另一块地方继续挖。尼德和汤姆也是如此，他们向前走了很长一段之后，大家停下了手中的工作，走到一个大冰洞前。

"汤姆，你在想什么？"尼德问，劳动过后他正在休息。

"我打算把'红云号'放进这个冰洞里遮蔽。"汤姆回答，

"这里可能随时再次爆发冰雹，损坏飞艇。这些冰洞正好能存放下飞艇，我唯一的担心就是冰洞顶部会不会坍塌。"

"冰洞看起来很牢固。"尼德说，"让我们问问帕克先生，听听他的意见。"

"好主意。"汤姆同意。

帕克先生很快就测算了冰洞顶的厚度，解释了它的形成方法，然后看着冻住了的地面。

"我找不到能够导致这个冰洞坍塌的原因，"最后，帕克先生总结道，"唯一的危险就是这整个山谷的冰块移动，但是这种移动引起的破坏过程是渐进式的。因此，我认为飞艇可以停放在这个冰洞里面。"

"那么我就把飞艇开进去，这样它就更加安全了。"汤姆说，"我想，我们三个人就可以做这件事，尼德。让戴蒙先生和阿比继续挖金子。"飞艇十分轻盈，机舱底部还有几个轮子，大家轻轻松松地就能推动它。不一会儿，"红云号"被放进了冰洞里。

"现在继续搜寻那些黄色的金块！"尼德大叫，汤姆同他一样也兴奋地叫着，甚至帕克先生也躬身拿起了一把铁镐。阿比是唯一一个始终在同一个地方挖掘的人，其他人都是挖一会儿就换一个地方继续挖。

"如果你想找到什么东西的话，就得在一个地方坚持往下挖，直到挖出黄金，或到达坚硬的岩石层。"阿比解释着，"虽然你有可能在冰层中找到几颗细小的金粒，但是要想找到金块，你必须挖到泥土层。"

听到阿比的建议后，大家都开始坚持挖一个洞，直到挖穿冰面到达泥土以下为止。尽管阿比是第一个挖到岩石层的人，但他没有发现任何金子，只能重新选一个地方继续挖掘。

接下来，他们都在不停地挖着，根本没顾上休息。但结果令人遗憾，他们甚至连黄色的小金粒都没有挖到。

"你确定这地方正确无误？"当晚，在冰洞里的飞艇上吃晚餐时，戴蒙先生有些烦躁不安地向阿比问道。

"我很肯定，"阿比答道，"这里绝对有金子，但是我们得花上一些时间来勘察才能找到它。就像帕克先生所说的，也许储藏金子的地方因为冰层的移动而改变了，但它就在这里，明天我们再试试看。"

第二天，他们的确又尝试了一次，但是收获也不大。在寒冷天气下，整日辛苦劳动的结果仅是发现了一些小小的黄色"鹅卵石"。汤姆发现它们镶嵌在冰块之中。那些"鹅卵石"的确是金子。大家原本已经非常疲惫了，但这些"鹅卵石"的出现给他们带来了希望。天气更加寒冷了，有迹象显示一场大风雪即将来临。

大家分散在冰面的不同地方进行挖掘，但距离放置飞艇的大冰洞都不远，每个人都在卖力地忙碌着。突然间，阿比狂喜地叫了起来。

"我挖到了！挖到很多了！"他大叫着，一边跳着，一边把手中的铁镐扔到了一边，"伙计们，看这里！"他弯下腰，欢喜地看着挖出的洞。其他人都跑到阿比身边，看着他从泥土的开口处取出几个很大的黄色"鹅卵石"。

"金子！金子！"阿比高声呼唤着，"我们终于挖到金子了！"

大家的心都砰砰乱跳。好一会儿都没有人说话。就在这时，远处的山谷中传来一阵奇怪的声音。吆喝声混杂着鞭子的抽打声及狗叫声。

"可怜的手帕！"戴蒙先生嚷道，"那是什么？"

过了一会儿，所有人都看清了。几个坐在狗群拉着的雪橇上的因纽特人朝他们起来，那些人不停地叫嚷着，不断抽打着用海象皮制成的鞭子。

"因纽特人要来袭击我们了！"尼德大叫。

汤姆什么话也没说，他冷静地观察着越来越近的雪橇队伍，他们的速度很快。阿比戴着手套的双手正紧紧握着那些金块。

"去拿枪！你的电动步枪在哪里，汤姆？"戴蒙先生高声嚷着。

"我认为我们不需要枪。"汤姆慢慢地说道。

"可怜的弹药袋！为什么不需要呢？"戴蒙先生询问道。

"因为来的人不是因纽特人，而是佛格父子。"汤姆回答。

"他们跟上我们了，安迪和他爸爸！"尼德惊讶地说。

汤姆严肃地点了点头。几分钟后，在离汤姆他们不远的地方，雪橇停了下来。安迪身后跟着佛格先生，他们都穿着厚重的毛皮外套，从雪橇上一跃而下。

"哈哈，汤姆·史威夫特！你到达这里可没比我们提前多久！"安迪得意地说道，"我告诉过你，我甚至会和你一块到这里！现在，动手吧，爸爸，我们马上开始挖金子！"

汤姆和伙伴们不知道该说些什么。

第二十二章

争夺所有权

在得知了他们同汤姆一行人几乎同时抵达黄金谷时，佛格父子看起来很高兴。

安迪转过身，对其中一个赶车人说："我们要在这里扎营。你们去开始工作，造一个冰房子，找个人做饭——我饿了。"

"没必要建冰房子。"赶车人说着蹩脚的英语。

"为什么？"安迪问。

"住在冰洞里。冰洞里的空间很大。"因纽特人指着几个大冰洞说道。

"哈哈！这真是个好主意。"佛格先生同意道。

佛格先生似乎忽略了汤姆和他的朋友们。阿比大步走上前去问："你们是不是想把这里占为己有？"

"如果你是指这里的金子的话，我们当然是这么想的，"安迪傲慢地回答，"而且你阻止不了我们。"

"我不打算指责你骗走我的地图并复制它的行为。"阿比冷冷地说，"但是有一件事你得明白，我们先占领了这片地方。根据优先发现原则，我们拥有这座山谷的优先开发权。"

"我说过我们高兴在哪挖就在哪挖！"安迪坚持着，"给我一把镐。"他对另一个因纽特人说。

"等等。"阿比平静地说。他把那些金块放进了毛皮衣口袋里，然后拿出一把大型左轮手枪，"如果谈判不好使的话，安迪·佛格，你很快就会发现这个东西更有用。"

"噢，当然。我们并不是说要抢夺你任何的权利，我亲爱的朋友！"佛格先生说。他看见那把大型左轮手枪后有点紧张。而安迪则仓促地躲到那个雪橇赶车者的身后。佛格先生继续说，"我们不想侵犯你们的任何权利，但是这个山谷很大，难道你们拥有整个山谷的开发权吗？"

"只要我们想，我们就可以全部拥有。"阿比坚定地宣布，"至少我们拥有这里大部分地区的开采权。如果你们想挖金子的话，就到那边去挖。"阿比指了指远处的一个地方。

"我们高兴在哪挖就在哪挖！"安迪嚷嚷着。

"哦，是吗？"阿比的眼里浮现出了一片怒色。

"不，我儿子太过冒失了。"佛格先生打断阿比的话，"我们会走远一点，肯定会的。就像你说的，这个山谷大得能同时容纳我们两队人。走吧，安迪！"

安迪虽然并不想走，但看到阿比生气的脸庞及戴蒙先生从飞艇所在的冰洞里拿着来复枪急急忙忙走过来的样子，他也没有再说什么。之后，他们便马上前往1000米外若隐若现的一个大冰洞。

"太好了。"阿比喃喃说，"现在，没有那些坏家伙的打扰，我们可以继续挖金子了。"

"我觉得没那么简单，"汤姆怀疑地摇了摇头。

"佛格父子应该是从飞机失事的地方坐着雪橇来到这里的。"尼德说。后来，他们了解到事情的确是这样子。在"安东尼号"出事以后，飞机上的其他人不愿意继续朝北前进，于是离开了。不过，佛格先生雇用了这些有狗群的因纽特人，在地图和那些因纽特人的帮助下，他们到达了黄金谷。

"我们这次肯定发财了。"阿比说，他回到之前所挖的洞前，"现在，我们最好从这里开始挖，它应该是个巨大的金矿。我们有权利把这些黄金据为己有。"

狂热的阿比和其他人继续开始挖金子。然而，他们却没有发现大金矿，但挖出了很多金块。

透过望远镜，汤姆看见安迪和他爸爸已经在其中一个冰洞里扎好了营。在山谷结冰的表面，他们俩很急切地开始了挖掘。

在夜幕降临前，探险者们挖出了价值几千美元的金子。那些金子都被存放在飞艇里。晚餐过后，飞艇的探照灯被取了下来，放在冰洞前的一个位置。这样一来，探照灯的光线就可以照亮他们在地上所做的标记，这些标记划分出了他们的领地范围。

"我们要轮流站岗，"阿比建议，"不要让佛格那些家伙再次到这里来。"

黑夜很平静地过去了。第二天，探险者们又开始挖金子。他们从望远镜里可以看到，佛格父子也在做同样的事，不过根本无法获知他们是否挖到了金子。

阿比挖到的这个洞就像装满黄金的"口袋"一样。这天，这个洞里的黄金终于被清理干净了。

"我们得找到新的'口袋'。"阿比说。于是，探险者们又四散在冰面上，挖掘其他可能埋有黄金的地方。

汤姆和尼德离得并不远。突然，尼德发出了一声兴奋的尖叫。

"挖到什么东西了吗？"汤姆问。

"很值钱的东西。"尼德回答。从挖出的洞里，他抓出一把金色的"鹅卵石"。

"和阿比找到的那个洞一样丰富！"汤姆说，"我们必须把它保护好，否则安迪那伙人会抢走它的。走吧，我们回去告诉阿比，把帕克先生和戴蒙先生也叫过来。"

其他三个人离汤姆他们有点远，汤姆和尼德迅速来到其他人所在的地方。

他们很快从飞艇上拿出一些木桩，并立即回到汤姆和尼德刚刚发现黄金的地方。

在绕过一个大冰丘后，他们看见，刚刚挖开的洞前站着两个人——安迪和他爸爸！两人手中各拿着一把来复枪，胜利的微笑出现在安迪的脸上。

"你们在这里干什么？"汤姆大叫。由于激动，血液涌上了他的脸颊。

"我们刚刚取得了这里的所有权。"安迪回答。

"因为你遗弃了它。"佛格先生迅速接了一句，"我想，我们有权得到一个被遗弃的矿坑。"

"我们没有遗弃它！"汤姆说，"我们只是暂时离开，去拿这些木桩。"

"这个矿坑确实是被遗弃的，我们已经'占领'了它。"佛格先生接着说，同时他举起了来复枪，"谁捡到归谁有，这么简单的道理你们应该明白吧。这里是我们的了。安迪，你的枪上好膛了吗？"

"好了，爸爸。"

"我——我想他们已经占据了上风——暂时，"阿比喃喃说，他打着手势让汤姆和其他人离开，"此外，他们还有枪，我们不能反击。现在只能等机会。"

第二十三章

被因纽特人袭击

面对佛格父子所耍的花招，大家都很愤怒，汤姆更是感到自责，他责备自己当时为什么不留在原地守护那个矿坑，让尼德去告诉其他人。

"我想，安迪肯定一直在监视我们，"尼德说。

"很有可能。"汤姆苦涩地承认道。

"可怜的笔杆！"戴蒙先生大叫，"阿比，我们就不能做点什么吗？用法律——"

"这里根本就没有法律可言，只有我们自己给自己制定法律。"阿比打断戴蒙先生说，"我想他们暂时赢了。"

"你这么说是什么意思呢？"汤姆问道，他从阿比的语气中发现了一丝希望。

"我的意思是，回到飞艇上去吧，到那里我会详谈此事。"

他们离开了，任凭安迪和他爸爸占有那块有丰富金矿的矿坑，而且很明显这里的矿藏比阿比最早发现的那个洞要丰富得多。佛格父子迅速开始工作。

阿比说："他们有权利拥有那些财产。当然，那些财产的确很多。虽然我们可以通过武力把它争夺回来，但是我想你们并不想看到流血事件吧。"他看着汤姆。

"当然不想，"汤姆气愤地答了一句。

"也许我们可以找到另一个更好的金矿坑。"戴蒙先生建议。

"或许吧。"阿比承认，"这个山谷里藏着丰富的金矿，但是你不可能把它们都挖出来。我们有可能要搜寻一个星期才能挖出另一个丰富的金矿。与此同时，佛格那些家伙可能还会来抢走我们的金子！所以我们要尽快想办法把他们赶走。而且这里很快就会出现极夜，那样我们就不能继续工作了。"

"但是，我们似乎也想不出办法对付他们。"汤姆说。

在飞艇里，他们讨论了好几种方案，但是没有一个可行的计划能避免武力冲突。当夜幕即将来临时，他们看见佛格父子在金矿坑口处点起了篝火。

"他们打算一直守着它。"汤姆说，"今晚，我们没有办法从他们那里拿走金子了。"

尽管阿比又提出了几个能从佛格父子那里夺回开采权的计划，但是他们最终还是没有执行。第二天一整天，大家在寻找新的金矿时都心事重重。他们找到了两三处能挖到黄色"鹅卵石"的地方，但是那些地方的金子数量都不多。

而在同一时间，佛格父子正忙着在尼德发现的金矿里挖金子。看起来，他们收获颇丰。

"那些金子本来是我们的。"汤姆悲痛地说。

突然，阿比叫了出来，"我想到一个能赶走他们的计划了。"

"什么计划？"汤姆问。

"我们一起回到飞艇上去，然后再告诉你们。"阿比说，"或许他们雇用的因纽特人正偷偷地躲在这些冰洞里，偷听我们说话。他们懂一点英语，可能会泄露我的计划。"

在"红云号"的机舱内，阿比说了他的计划："我们三个人先到安迪他们的冰洞里，假装袭击他们，引起混乱，并大叫着要打败他们。当那些因纽特人叫喊起来，你们的机会就来了。"

"佛格父子会认为我们在试图抢走他们的雪橇、补给，还有金子，到时，安迪或者他爸爸会跑过来，那样就会只留下一个人看守着那口矿坑。那个时候汤姆和尼德就可以悄悄地接近矿坑了，不管是谁留在矿坑处，我想你们两个小伙子应该对付得了吧。"

"当然了！"汤姆和尼德异口同声地说。

这个计划执行起来非常顺利。阿比、戴蒙先生和帕克先生在佛格雇用的几个因纽特人所在的冰洞中制造出了大混乱，声音传到了安迪和他父亲挖金子的矿坑处，佛格先生立刻就跑向了冰洞，而安迪则拿起了枪，在原地保持警惕。

这就给汤姆和尼德提供了良机。尼德从他藏身的地方径直朝安迪走过去，汤姆则绕了个弯，来到了安迪的背后。

"嘿！你走远点！"安迪看见尼德后大叫道，"我知道你们的小把戏！你们设了个圈套！"

"你不是最喜欢耍把戏嘛！"尼德慢慢地往前走。

"不想受伤的话就离远点！"安迪嚷嚷着。

"哦，你不会伤害我的，对吧？"尼德讥笑他，试图给汤姆争取更多的时间从安迪身后接近他。

"不，我会的！往后退！"安迪紧张地握着他的武器。就在这时，他的枪从手中掉落了，并被汤姆从身后牢牢抓住。接着，安迪强行挣脱，逃走了，而汤姆和尼德则占领了那个"金口袋"。

"现在，我们会好好看守它。"汤姆说。第二天，他们就把一些补给挪到了矿洞边，并且还修了一座冰屋，屋子是阿比仿照因纽特人的冰屋样式造出来的。后来，他们把飞艇移到了另外一个冰洞里，离他们的"金矿坑"近了许多，而且他们24小时轮班站岗。

但是这些看起来都没有必要了，因为第二天佛格父子和那几个因纽特人就消失了。

"我想，我们对他们是不是太过分了。"汤姆说。

事情发生在他们夺回矿坑后的第三天。那个时候他们已经挖出了很多金子。到了晚上，汤姆把最后挖出的金子送进飞艇所在的冰洞时，不经意间往山谷远处眺望了一下。

"看上去有什么东西沿着这条路来了，"汤姆说，"好像是因纽特人。"

"的确是的。"尼德同意地点点头，"而且人数很多。"

"最好把这事告诉阿比和其他人，"汤姆继续说，"我有种不祥的预感，也许佛格父子的突然消失和这事有关联。"

阿比、戴蒙先生和帕克先生迅速从冰洞里走了出来，同时他们都带上了自己的枪。

"他们还在往这边走，"汤姆喊着，"朝着我们的方向。"

"是因纽特人，没错！"阿比大声喊道。

天色逐渐昏暗，因纽特人的队伍继续前进。汤姆和朋友们都在密切注视着他们。领头的两个身影非常熟悉，他们身后有一大群狗拉着雪橇。

"那是安迪和他爸爸！"尼德大叫，"他们找了很多因纽特人来驱赶我们。"

"正是这样！"汤姆说，"我想，一场冲突在所难免了。"

突然间，佛格父子领着一群因纽特人猛冲了过来，口中大声叫喊着。不一会儿，他们就开枪了。

"这场战斗将十分猛烈！"汤姆大喊道，"躲进冰洞里面去！我们可以在里面保护金矿。我要去拿我的电动步枪！"

第二十四章

飞艇坠毁

汤姆和他的朋友们撤回存放"红云号"的那个冰洞前，前来袭击的因纽特人就开枪了。幸运的是，他们的武器很落后，他们拿的是老式的前装滑膛枪，加上瞄准效果不是很好，所以对于他们的威胁并不大。

"我好像没听见安迪或者他爸爸开枪！"汤姆一边说着，一边和同伴们对那些残暴的因纽特人展开还击。"我可以辨认出他们的枪发出的声音，佛格父子所携带的是连发式猎枪，那是件很不错的武器。"

尼德表示同意，"安迪和他爸爸确实没有开枪。他们害怕这么做，他们是在唆使那些可怜无知的因纽特人攻击。"

后来他们得知，情况的确如此。

那里大约有 100 个因纽特人，他们都有枪。尽管他们装弹的速度很慢，但是他们有足够的武器来保持密集的射击。而汤姆和他的朋友们一开始是朝这些因纽特人的头顶上方开枪的，因为他们不想伤害这些被佛格父子诱骗的人们。后来，敌人不断逼近，出于无奈，他们开始对人群射击。不过，他们只是打在那些人的腿上，让他们没有办法继续前进，电动步枪再一次大显神威。

现在，天已经很黑了。枪战也没有那么激烈了。汤姆忽然想到一个办法，他立刻打开探照灯。这一做法有效地阻止了敌人的偷袭，因为他们不敢冒险闯进那束强光之中。

"在明天早上之前，他们不敢轻举妄动。"阿比说，"不过，我们还是不能放松警惕。"

到了晚上，他们轮流站岗，但是并没有遭到任何袭击。

夜里，汤姆有好几次看见帕克先生心神不安地来回走着，尽管那时不是他站岗，汤姆便问他怎么了。

帕克先生回答道："我在担心那些冰层。通过我的一些科学仪器，我探测出冰层出现了细微但是很奇怪的移动。我对这种变化很担心，害怕会有什么事情发生。"

然而，汤姆太担心第二天的战斗了。所以，他并没有对冰层移动想太多。他认为那只不过是一些正常的自然现象，不是什么大事。

伴随着姗姗来迟的黎明曙光，探险者们起了床，大家喝着戴蒙先生冲泡的浓咖啡，一起享用了一顿热腾腾的早餐。汤姆在洞口处观察了一下，探照灯还在发着微弱的光芒。汤姆把探照灯关上，向远处看去，他看见了那些敌人似乎在动。

"他们好像要过来了！"汤姆大叫，"准备迎战！"

探险者们拿起枪，迅速地跑到冰洞的入口处。帕克先生在后面徘徊不前，他在仔细观察冰洞的墙面。

"快过来，帕克，我亲爱的朋友！"戴蒙先生恳求道，"我们的情况极度危险，我们需要你的帮助。可怜的账单！我从没陷入过如此危险的境地之中。"

"我们可能就要陷入另一个更危险的境地。"忧郁的科学家说。

"什么意思呢？"戴蒙先生问。不过，没等帕克先生回答，他就匆忙跑去了洞口。

突然，山洞外面传来了一阵激烈的叫喊声，那是因纽特人在战斗时发出的。与此同时，外面也响起了阵阵枪声。

"战斗开始了！"汤姆严肃地说。他手持电动步枪。在此前的战斗中，他并没有过多地使用它，他更愿意在更加紧急的情况下使用它。

到达洞口时，他们看见因纽特人正在朝前猛冲。他们已经占领了金矿洞，安迪和他爸爸小心地躲在第一排因纽特人的身后。突然间，山谷中传来了一个奇怪的声音，把大家都吓住了。

这声音就像是某种巨兽的哀号，但事实上是一阵狂风的呼啸。与此同时，天空突然暗了下来，刮起了猛烈的暴风雪，迅速阻挡了那些因纽特人前进的步伐。汤姆和其他人连洞外1.5米远的东西都看不清。

"风暴阻止了他们的袭击，"尼德喃喃说，"他们都看不到我们。"

帕克先生从洞穴里面跑了出来，他的脸上满是惊慌的神色。

"我们必须立刻离开这里！"他大声喊道。

"离开这里？"汤姆重复了一遍，"为什么呢？敌人就在外面！我们会直接冲到他们的阵营里去的！"

"必须这么做！"帕克先生坚持说，"我们必须马上离开这里！我预测到的冰层运动已经开始了，它移动的速度比我料想的要快得多。在很短的时间里，这个冰洞就会被推挤至坍塌！"

"坍塌！"汤姆倒吸了一口气。

"是的，这些冰洞要被毁掉了！听，你可以听到它碎裂的声音！"

所有人都听到了。除了暴风雪的呼啸声，他们还可以辨别出冰块破碎开裂的声音，就像是大炮在开火一般，一大片水晶般的冰块就像脆弱的木板一样被折断了。

"冰层运动正在毁灭这些冰洞！"帕克先生继续说，"这个冰洞的命运也是如此！冰墙已经变形了！我们必须出去！"

"但是那些因纽特人会杀了我们的！"戴蒙先生大叫，"可怜的灵魂！这是个什么样的险境啊。"

"我想那些因纽特人应该和我们一样恐惧吧,"尼德说,"他们不再开枪了,而且我可以听到惊恐的呼叫声。我想他们正在逃跑。"

暴风雪逐渐变小。探险者们看到那些因纽特人在全力撤退,佛格父子也惊慌失措地跟在他们身后。汤姆可以看到,那个金矿洞旁边的一个巨大冰洞坍塌了下来,就像纸做的房子一样脆弱。

"我们没时间可以浪费了!"帕克先生警告大家,"这个冰洞的顶部也在慢慢地塌下来!我们必须出去!"

"那就把飞艇也弄出去吧!"汤姆大叫,"我们必须保护好它!我们现在没必要担心那些因纽特人了!"

汤姆迅速冲到"红云号"旁边,呼叫着尼德和其他人过来帮忙。他们赶紧来到汤姆的身边。依靠轮子移动飞艇是件很容易的事情,飞艇离冰洞口也很近。冰块的隆隆声、破碎声和摩擦声在不断增加。

"不!不!"就在飞艇靠近冰洞口的时候,汤姆奇怪又惊恐地叫道,"我们不能把它弄出去了——洞口太小了!可是飞艇进来的时候还有那么大的空间啊!"

"冰洞在塌陷,洞口每一刻都在变小!"帕克先生说,"我们只有自救的时间了!快跑出去!"

"然后丢下飞艇?不!"汤姆咆哮着。

"你必须这么做!你现在只能先救自己!"

"去拿斧子把洞口劈开点！"尼德建议，他和汤姆一样，不能接受失去这架美丽飞艇的事实。

"没时间了！真的没时间了！"帕克先生疯狂地叫喊着，"我们必须出去！去把金子、补给品、枪、食物等从飞艇里拿出来，救你能救的！"

紧接着就是一场与时间的赛跑，他们跑进这架已经注定要毁掉的飞艇里，拿出能拿的所有东西。食物、毯子、枪、匆忙间收集起来的金子、他们的武器和弹药，所有的这些都被从机舱里取出来带到了外面。洞口正在快速地变小，山洞顶部已经压到了飞艇的气囊上。

汤姆最后看了看他的心爱的飞艇，流下了不舍的泪水。他还想冲进机舱去拿什么，但是帕克先生抓住了他的手。

"不要进去！"他用嘶哑的声音叫道，"冰洞可能会在下一刻坍塌！"他和汤姆很快冲出了冰洞，其他人已经跑到了洞穴外面。

紧接着，一阵急促的轰隆声传了过来，冰墙不断碎裂，一块接一块地脱落。突然，这个大冰洞稳定了下来，不再继续坍塌，但是它的墙面已经非常脆弱，就像一栋濒临倒塌的大建筑。

冰洞的顶部向下坠落了，砸在了"红云号"身上，把它永远掩埋在了成千上万吨的冰雪下面。这架飞艇是汤姆的骄傲！现在，它却永远消失了！

站在暴风雪中间，汤姆的泪水在眼眶里打转。

第二十五章

获 救

　　先是冰洞坍塌，接着是"红云号"被毁，几分钟里，没有人说话。灾难来得如此迅速，他们几乎不敢相信这一切。

　　雪停了。在冰封的大地上，他们看到那些因纽特人已经全线撤退。大自然仿佛很满意自己的这次"杰作"，它让冰层停止了移动。轰鸣声、摩擦声都停止了，附近地区的冰洞也没有再发生坍塌。

　　"一切都结束了，"汤姆轻声说，"可怜的'红云号'！再也不会有一架像你那样出色的飞艇了！"

　　"能活着逃出来已经很幸运了。"帕克先生说，"再耽搁一会儿，我们都会没命。我说过这样的事情会发生，我早就预测到了。"

"可怜的冰箱！下面我们该怎么办？"戴蒙先生问。

"尽快从这里出发。因为我们的食物和补给不多了。朋友们，继续在这里生活会很困难。我们必须尽快找到一条通往城镇的道路。"

"回去？没有飞艇怎么回去？"汤姆茫然地说。

"走出去！"阿比冷静地说，"这是唯一的办法！"

"好吧，如果我们必须得走的话，最好现在就出发，"汤姆难过地说，"可怜的'红云号'！"

"也许我们还能拿到一点金子。"尼德说。

他们立即走向那个矿坑。但是"金口袋"已经不见了，它被埋在了数吨重的冰块下面。

"看来我们拿不到更多的金子了。"阿比说，"现在最重要的是如何安全走出山谷。"

"可怜的灵魂！有那么糟糕吗？"戴蒙先生凄凉地说道。

阿比点了点头，没有说话。现在也没什么其他的事情可以做了，大家默默地收拾他们所保存下来的东西，心里十分难过。探险者们在阿比随身携带的一个小指南针的指引下，朝南边出发了。

一路上，大家都闷闷不乐。幸运的是，天气已经稍微转暖了，否则他们可能会被冻死。为了避免靠近那些不友好的因组特人，他们绕了很远的一段路程。到了晚上，他们只得用冰块和雪建造一个遮蔽处，吃了些冰冷的食物便休息了。第二天，气温又变低了，他们把预防雪盲的深色眼镜落在了冰洞里，因此还略微出现了雪盲的症状。

这时，甚至连那些金子也成了巨大的负担。他们发现，自己所拿到的金子比他们预计的要多。到了第三天，他们准备放弃一部分金子，但是勇敢的阿比鼓励他们带着这些财富前进。到了第四天晚上的时候，甚至连阿比都绝望了，因为他们所带的食物已经不足以提供身体所需的能量和热量，而且也没有任何野味可以猎取。

正当探险者们准备停下来露营，打算度过一个沉闷的夜晚时，走在最前面的汤姆突然看到了什么东西。

"尼德，我好像看到了什么，不知道是不是幻觉？"他说道。

"你看到了什么？"尼德问。

"好像是坐在雪橇上的因纽特人。"

"没错。"仔细观察后，尼德同意道，"千万别是佛格父子。"

他们警觉地停了下来，拿出了枪。一小队因纽特人继续朝着他们赶来。

"哈哈！"阿比大声说，"没事，他们是友好的因纽特人！他们是曾经帮助过我和我的搭档的那个部落的人！太好了，我们得救了！"

事实也证明了这一点。几分钟过后，探险者们就坐在了那些因纽特人的雪橇上，他们其中的一些人还记得阿比。狗群飞快地奔跑着，将这些又饿又累的探险者带到了他们的村庄。

在这些友好的因纽特人的悉心照料下，汤姆和他的朋友们很快就恢复了体力。这些因纽特人还为他们安排好了去锡特卡的雪橇队，因此他们心中充满感激……

三个星期后，汤姆他们登上了前往大城市的蒸汽船。

"我们返航了。"汤姆说。一段时间过后，他们已经在一辆快速穿越北美大陆的火车上了。"这是一趟伟大的旅行，我们拿到的金子能补偿我们更多，甚至还能建一架新的飞艇。但是，我还是觉得很对不起我的'红云号'。"

"不要责怪自己，"尼德说，"你准备再建造一架飞艇吗，汤姆？"

"我想是的，但应该不是'红云号'那种类型的。我打算造一架比赛用的飞机。等我回到家，我就会开始这个计划。"

探险者们在预定的时间里安全抵达了夏普顿，佛格父子仅仅比他们早回来几天。汤姆和他的伙伴们决定不起诉他们，而且他们也没有办法确认是谁从汤姆身上偷走了黄金谷的地图。

那些从北极地区带回来的金子具有很高的价值。阿比在拿到自己的那部分金子后，就回到了美国西部；戴蒙先生把自己的大部分金子都给了他的妻子；帕克先生购置了一些科学仪器；尼德用他的金子在银行投资；而汤姆，在给尼斯特小姐买了一份漂亮的礼物后，还打算用剩余的钱建造一架"空中赛艇"。

读什么书，代表你是什么人

看书有道